刀《カタナ》語《ガタリ》

西尾維新

第二話

斬《ザン》刀《トウ》・鈍《ナマクラ》

KODANSHA BOX

刀《カタナ》語《ガタリ》

第二話

斬《ザン》刀《トウ》・鈍《ナマクラ》

画：竹
筆：平田弘史
本及ビ箱装幀：ヴェイア
版面構成：紺野慎一（凸版印刷）
本文使用書体：FOT-筑紫明朝 Pro L

序章

■　■

からり、と襖《ふすま》は開いた。

そこは決して広くはない一室だった――いや、ありていに言って、かなり狭い。家具の類《たぐい》は何もない、飾り気のない殺風景なたたみ敷《じ》きの部屋だったが、それでも、人間が一人座っているだけで、いっぱいいっぱいになってしまうくらいの面積しかない。

そんな一室に、人間が一人――座っている。

女子のように髪を伸ばした、線の細い男だった。

黒い、簡易な着流し。

部屋の中央に、目を閉じて、あぐらをかいている。

眠っているかのようだった――否。

どうやら、実際に眠っているようだ。

それは時刻を鑑《かんが》みれば、それほどおかしなことではないのかもしれない――あぐらをかいたままで眠る人間だって、まあいなくはないだろうから。

しかし。

刀を腰に差したままで眠る人間となると——いくらなんでも珍しいだろう。黒い鞘《さや》に納まった刀を左の腰に差し、それに体重を預けるような形で、彼は眠っているのだった。

あるいは。

刀を、守っているかのような。

それが命よりも大事な一品であるかのような。

「…………」

襖の開いた音に、着流しの男は、ゆっくりと——目を開けた。

「っくっくっくっく」

不自然極まりない、奇妙な笑い声。

と、共に——狭い部屋の中に、もう一人、開いた襖から、人物が這入《はい》って来た。それはしのび装束《しょうぞく》の男だった——ただし一般的にしのび装束と言われた際に想起する服装とは、男の着用しているしのび装束は少々趣《おもむき》を異にしていた。袖《そで》がなく、その代わりと言わんばかりに、全身に太い鎖《くさり》を巻いている——

「よどけだ話《しなは》いしかず恥《は》ものてっる入《い》這《は》らか襖《ますふ》と々堂《うどうど》が者忍《やじんに》——かえね方仕《たかし》は合場《いあば》のこ、あま」

と——しのび装束の男は言った。

言ったが、しかし、それは何を言っているのかまるでわからない。

まるでわからないが、しかし、それこそが——この忍者の驚 嘆《きょうたん》すべき特性だった。

不自然極まりなく、奇妙な——特性である。

「ぜうらもてせら乗名《のな》——だ鷺白庭真《ぎさらしわにま》、人一《りとひ》が領 頭二《うょりうとに》十 軍忍庭真《うゆじんぐんにわにま》はれお。などけだんーつっ『鷺白《ぎさらし》のり喋《べやし》さ逆《かさ》』称 通《うょしうつ》」

「…………」

対して。

着流しの男は、ただ、開けた目をうるさそうに細めるだけだった。寝起きで頭がうまく働かないのかもしれない——まあ、たとえ真昼間に来訪されたところで、こんな喋り方をする忍者がいきなり現れたとき、十全な対応をしろと言う方が無茶だろうが。実際、襖を開けて正面から普通に這入ってきたことが逆に違和感になるくらいの、荒唐無稽《こうとうむけい》なしのびだった。

「つっくくっくくっく」

真庭白鷺《まにわしらさぎ》——『逆《さか》さ喋《しゃべ》りの白鷺』は、笑う。

さかしまに笑う。

「いか刀斬《うとんざ》の噂《さわう》、が刀《なたか》のそるいてし差《さ》に腰《しこ》にうそ事大《じいだ》がたんあ？『鈍《らくまな》』刀斬《うとんざ》。本一《んぽっい》が本二《んほに》十《うゆじ》形成完《いけいせんか》ちう、本千刀体変《んぼんせうといたんへ》の紀《き》記《き》崎季《きざき》四《し》——『鈍《らくまな》』刀斬《うとんざ》。刀《なたか》いしろとっお、のみ込《こ》れ触《ふ》ういといなはのもいなきで断両 刀一《んだうょりうとっい》——」

白鷺は言った。

「よれく、れそ」

「…………」

「なよだんてし争競《うそうょき》と間仲《まかな》――るきでがとこぶ並《らな》につぃあはれお、ばれ取《と》け受《う》をれそらかたんあずま、どけだんるてじん先歩《きさぽ》一《つい》が奴《つや》てっ蝙蝠《りもうこ》、ことんまい。あさてっ思《もお》とるけ助《すた》、な」

「…………」

「よどけるなにとこう奪《ばう》てし殺《ろこ》、らなーつっえねれく」

にぃいい、と。

むしろそちらの方をより望んでいるかのように、白鷺は嫌らしい表情を浮かべる。

真庭忍軍。

それは、知る人ぞ知る、暗殺専門の忍者集団――中でも、十二頭領が一人、真庭白鷺の使う忍法は、仲間内でも一目置かれるそれだった。真庭忍軍において、真庭白鷺が敵でなかったことを天に感謝しないものはほとんど皆無《かいむ》だ。彼の奇妙な逆さ喋りの話法は、その忍法に密接に関係しているのである。その真の恐ろしさは、彼と相対した者しか知るすべはない――たとえば今、刀を腰に差し、座したままの、この着流しの男のように。

着流しの男は、しかし、なおも動かない。

白鷺に刀を渡そうともしないし――そもそも、それ以前に、身じろぎもしない。目をあけたままで眠っているのかもしれないというくらいに、白鷺に対して無反応だった。

白鷺の逆さ喋りの、意味が通じないのか？

そうかもしれない。

「かえねゃじうまちっなくし寂《びさ》、よえねゃじんすとかし、いおいお。かのいた見《み》を法忍《うぼんに》のれおになんそ、たんあもとれそ？　ぜだんえねゃじんもるれ見《み》になんそ、は法忍《うぼんに》の鷺白庭真《ぎさらしわにま》、えねたっ参《いま》――」

しゃりん！

と、まるでそれが何かの準備、下ごしらえであるかのように、白鷺が得意げに逆さ喋りを続けていると、突如《とつじょ》――着流しの男が、何の前触れも何のきっかけもなく、動いた。

動いたとは言え、それは動いたと言うほどではない。

ほんのわずか。

右手で、刀の柄《つか》をつかんだだけ――と見えた。

「んん？」

白鷺は――相手が刀をつかんだのを見ると、さすがに表情を変えたが――しかし、余裕たっぷりの態度までは変えなかった。己《おのれ》の才覚に絶対の自負を持つ者の態度だった。

「よかのく抜《ぬ》、よだんな——なき抜《ぬ》けだなき好《す》、ぜいい。よどけるやはていおてし告予《くこよ》応一《うおちい》、とだ期最《ごいさ》のたんあが間瞬《んかんゅし》たい抜《ぬ》。ならかだとこてっえて見《み》をし探鱗逆法忍《がさんりきげうぽんに》の鷺白庭真《ぎさらしわにま》、人一《りとひ》が領《うょり》頭二《うとに》十《うゅじ》　軍忍《んぐんに》庭真《わにま》、はとこてっく抜《ぬ》を刀《なたか》てし対《いた》にれお——」

「……尋ねてーんだが」

着流しの男が——ようやく、喋った。

真庭白鷺に対して。

しかし、それは——

「ひょっとしてあんたの忍法逆鱗《げきりん》探《さが》しとは——一刀両断にされてもなお喋り続けることができるという技なのか？」

——別れの挨拶《あいさつ》だった。

「え？」

別に。

そのままじっとして動かなければ、その切り口はやがてくっついた——などということもないのだろうけれど、相手からのその言葉に、思わず白鷺は身を乗り出してしまい——結果。かろうじて下半身にのっかっていた上半身が、ずるりと、たたみの上に、滑り落ちた。逆さ向きに滑り落ちたので、

「うわあああ！　い、いつの間にぃいいい⁉」

という、彼の断末魔の叫びは、この場合、逆さ向きには聞こえなかった。とはいえ、たとえそれがどのように聞こえたところで、どうということも、既になかったが——

「……秘剣、零閃《ぜろせん》」

着流しの男は、静かに呟《つぶや》いた。

一歩もその場から動くことのないまま、座ったままで。

「あーあ、たたみが汚れちまったな——まあ、他の部屋のものと、取り替えればいいか……いや、その前に、この男の死体を……それなら、血が乾いてからの方がいいのか……」

人を一人斬《き》ったあとだというのに、特にこれといった感慨もなさそうに、無感動に、着流しの男は、部屋を清掃する算段を立て始めた。

柄から手を離して——目をこする。

彼はやはり——眠かったらしい。

■　■

もちろん。

これが現代の娯楽小説であったなら、真庭忍軍十二頭領が一人、真庭白鷺は「こんな鬱陶《うっとう》しい喋り方する奴書いてられねえよ！　逆さ喋りが密接に関係する忍法なんかねえよ！」という作者の都合により、早々に退場することになったのだろうと推測が立つところなのだけれど、しかしこれは現代の娯楽小説ではなくあろうことか時代小説である。つまり、着流しの男には、それだけの実力があったということだ。

四季崎記紀《しきざききき》の作りし変体刀《へんたいとう》千本。

その完成形十二本。

うち一本——斬刀《ざんとう》『鈍《なまくら》』。

そしてその所有者——宇練銀閣《うねりぎんかく》。

彼は間違いなくこれまで登場した中で、もっとも手強い敵である——なんちゃってなんちゃって、まだ二人目なんだけれども！

とまあ、そんな乗りで！

黒歴史ならぬ嘘歴史！

雑劇寸劇茶番劇！

刀語《かたながたり》の、第二巻♪

一章　因幡砂漠

■　■

「ではそろそろ、口癖《くちぐせ》を考えるとしよう」

そんなことを、唐突《とうとつ》に言った。

小柄な女である――しかし、身に纏《まと》っている、まるで十二単衣《ひとえ》のような豪奢《ごうしゃ》な衣装が、実際よりもかなり大きく、彼女の身体を見せている。その大きさは巨大と言ってもいいほどだ。服を着て歩いていると言うよりは服が歩いていてその中に人間がいるというような感じだった。装飾品の数々が、もはや強化装甲のようなありさまを示している。しかしそんな中でも、彼女の一点の曇《くも》りもない、長い白髪が、もっとも目立っていた。

奇策士《きさくし》とがめである。

「は？　口癖？」

そんな、反応とも言えない反応を返す。

こちらは対照的に、図体の大きな男だった――同じく対照的に、身体にはほとんど衣服を纏っていない。必要最低限、それ以上何も着ていなかったら問題になるという格好だ。上半身はなんと裸、下半身は簡易なはかまで、あとは手《て》っ甲《こう》と脚絆《きゃはん》くらいである。背中には、見るからに重そうな、今にもはちきれそうな量の荷物を負ってはいるが、それについてはまるで苦にしていないようだった。

虚刀流《きょとうりゅう》七代目当主——鑢《やすり》七花《しちか》である。

「口癖って、なんだよ」

「そなたは口癖も知らぬのか。よくないな。あのな、口癖とは、特に意識しているわけでもないのに、それでもついつい、ことあるごとに口をついて出てしまう言葉のことだ」

「いや、それくらいは知ってるけど……え？　誰の口癖を考えるんだ？」

「そなたのだ」

「…………」

はあ、と、とりあえず頷《うなず》く七花。

至極《しごく》真っ当な反応である。

「しかし、意識せずに口をつくのが口癖なら、それを意識的に考えるというのは、なんかおかしくないか……？」

「いいか、七花」

突っ込みは豪快《ごうかい》に無視。

とがめは説明を開始した。

「先月のな、不承島《ふしょうじま》におけるそなたの活躍ぶりを、とりあえず文字にしてみたのだが」

「ん？　ああ、そっか、報告書って奴な」

尾張《おわり》幕府家鳴《やなり》将軍家直轄預奉所《ちょっかつあずかりたてまつるところ》、軍所《いくさどころ》総監督。

それが奇策士とがめの、正式な身分である。

つまり、ここで言う報告書とは、幕府上層部に対して提出する報告書という意味だ。現在、幕命を受けて動いているとがめが手ずから記録する、旅路の経過報告というわけである。

幕命——即《すなわ》ち、刀集め。

四季崎記紀の変体刀完成形十二本の蒐集《しゅうしゅう》だ。

「言ってたっけ、そういうこと。そうそう、あんたの言う通り、おれはあの忍者野郎を、派手にやっつけたんだった」

「そなたがどれほど派手に真庭蝙蝠《こうもり》をやっつけたのかは、わたしがじかに見たわけではないから、書けなかった」

「書けなかったのかよ」

だったらおれは何のために、と七花はぼやく。

「せっかく、あんたの言う通りにしたってのに」

「仕方なかろうが、見ていないものは書きようがない。しかしまあ、それはあまり大した問題ではない——また機会もあるであろうしな。それよりも七花、絶刀《ぜっとう》『鉋《かんな》』、蒐集の模様を書いているうちに、わたしはひとつ、大事なことに気付いたのだ」

「へえ。大事なことって」

「そなたは個性が弱い」

ずばり言った。

人によっては鬱《うつ》になってしまいそうなほどの、端的に強烈な台詞《せりふ》だった。

無人島育ち、純朴素朴を絵に描いたような性格である七花も、これにはさすがに、表情を引きつらせて、歩む脚を止めた。

「こ、個性が弱いって……」

「どうも報告書を書いていると、そなたよりもあの忍者の方が目立ってしまうのだ。何回も書き直しを試みたが、無駄だった。推敲《すいこう》しても推敲しても結果は同じだ、ついぞ、蝙蝠よりもそなたを目立たせることはできなかったのだ。最終的に清書を終えて、自分で読み返してみても、そなたのことは上半身裸のばかという印象しか残らなかった」

「い、いや、ちょっと待てよ、とがめさん」

動揺のあまり、さん付けである。

「あんなよ、口から刀を取り出すような奴を相手に、個性で勝てるわけがないだろうが。それに、個性ではともかく、戦闘ではおれの勝ちだったんだし——」

「それはもちろん、戦闘で負けてもらっては困るが、個性でも負けてもらっては困る。そなたの人間性には、いまいち花がないのだ」

「あんたに気遣いはねえのか⁉」

どうやら、『個性が弱い』よりも『上半身裸のばか』よりも、『花がない』と言われる方が、七花的には厳しいらしい。

名前から考えれば、それはそうだろうが。

「たとえば、蝙蝠の所属していた真庭忍軍には、もっと強い個性を持つしのびもいるのだぞ？わたしが知っている中でも、そうだな、逆さ喋りの白鷺という忍者がいて、そいつはなんと、常に逆さ向きに喋るのだ」

「逆さ向きに喋るって何だ……」

七花には想像もつかなかった。

それにどういう意味があるのかもわからない。

いや、どんな意味があっても、納得はできないだろう。

「て言うか……とがめ、個性競争に限らず、その基準が何であっても、おれは個人的に、まにわにの連中と較《くら》べるのはやめて欲しいぞ」

まにわに。

暗殺専門集団真庭忍軍が、えらく萌《も》え系の略称になってしまった。

むろん七花に自覚はないし、時代的にとがめもそれに気付かず、「まにわに。うん、なんだか呼びやすくていいな、それ」と、積極的に採用してしまう有様だった。

哀れなり。

「まあ、確かに、あそこの連中は個性の塊《かたまり》みたいなものだから、そなたにすぐああなれと言っても、無理な話であろう。目指せと言うのも、最終的にあそこまで辿《たど》り着けと言うのも、酷《こく》な話だ。しかし、七花、そうは言っても、最低限の努力はしてもらわねばならぬ」

「ど、努力……」

「たゆまぬ努力こそが、強い個性を生むのだ」

「どうだろう、そんなことはないと思うが……」

「さしあたって」

反論は全て無駄らしい。

とがめは話を続けるのだった。

「そなたの口癖を考えようと思う」

「はあ……」

「形から入るというわけだ。器を与えれば、水はその形に満ちる。七花、たかが口癖と侮《あなど》ってはならぬぞ。こんなわかりやすい個性はないからな。即効性という意味では、並び立つもののないいの一番、第一の特徴だ。口癖——まあ、決め台詞とか、殺し文句とか、座右《ざゆう》の銘《めい》とか、そんな風に考えてもよいな。要するに喋り方の特徴だ。先ほど例にあげた、真庭白鷺の逆さ喋りも、広義では口癖に含まれるであろう」

「ふうん」

だから逆さ喋りとは何だ。

七花には皆目《かいもく》見当がつかない。

「もう少しわかりやすい例をあげると……そうだな、真庭蝙蝠。真庭蝙蝠が、よく『きゃはきゃは』と奇妙な発音で笑っていたであろう。あれなんか、奴の幼児性とそれに伴う狂気性、残《ざん》虐《ぎゃく》性をよく表していたと思う。あいつがそう笑うのを聞いただけで、『ああ、こいつは普通じゃないんだな』とわかる」

「おれは別に普通と思われてもいいんだけど……」

「そなたはそれでよくとも、わたしがそうはいかん。提出する報告書が退屈な読み物になってしまうであろうが。途中で読むのをやめられてしまったらどうするのだ」

「おれにはよくわからんけど、報告書ってのは普通、つまらん読み物のことじゃないのか？」

愉快痛快な報告書などあっていいわけがない。

そう思うが。

「だから普通というのがよくないのだ。そなたの前にわたしが『刀集め』を依頼した剣士、錆《さび》白兵《はくへい》の口癖も、まあまあ格好よかったぞ。わたしを裏切った奴のことを褒めるのは癪《しゃく》に障《さわ》るが……それでも、認めるべきところは認めねばなるまい」

「錆白兵ねえ」

確か、現在この国で最も腕の立つ剣客《けんかく》——とのことだった。どうやら、まだはたちそこその若者らしいけれど。

「参考までに、どんな口癖なんだ？」

「台詞の合間合間に、やけに『拙者《せっしゃ》にときめいてもらうでござる！』と挟むのだ」

「…………………」

錆白兵。

四季崎記紀の完成形変体刀が一本、薄刀《はくとう》『針《はり》』の所有者である以上、この旅路が順調に続けば、いつかどこかで相目見《あいまみ》えることになる運命の敵のはずだったが——七花は急激に、その男とだけは会いたくなくなった。

そしてとがめは、それをまあまあ格好いいと思っているらしい……。

この先の展開に不安を感じずにはいられない七花だった。

「蝙蝠や錆と刀集めをしていた頃には、こんなことは考えなくてもよかったのだが、しかし、そなたの場合は、そういう部分も、わたしが面倒を見てやらねばならんと、前回の報告書を書き終え、わたしは思ったのだ」

「ふうん……」

大きなお世話だ。

「世間知らずのそなたにとって、わたしは雇い主であると同時に保護者でもある。七実《ななみ》からもよろしくと言われておるしな」

「姉ちゃんはそんなことをあんたによろしくしてねえと思う……」

「参考までにもう少し例をあげておこうか。そうだな、わたしが知っている中だと……特に笑ってもないのに相手が何かを言うたびに、相槌《あいづち》のごとく『笑止！』と言う奴とか……何かあったときに発する悲鳴が必ず『きゃうーん！』と犬の鳴くような声の奴とか……、特徴的な語尾とか……、そう、それに、方言だな。方言はわかりやすい個性だ。いながらにして出身地を告白しているようなものだから」

「はあ……色んな類別があるんだな」

もっともらしく頷く七花。

半ば、どうでもよくなっている感じである。

反応するのも反論するのも面倒だと言うか……。

「あ、そうだ、とがめ」

「ん？　なんだ」

「口癖ってのとは少し違うかもしれねえけど、おれ、よく思ったり、よく口に出したりする言葉があるぜ」

「ほう」

「あのな、『面倒だ』って――」

「ちぇりおー！」

殴《なぐ》られた。

正拳で、上半身裸の脇腹《わきばら》を。

とは言え、鍛《きた》えている七花の肉体のことである、とがめの細腕では、どこをどんな風に殴ったところで大した効果はないのだけれど。蚊《か》に刺されたどころか、蚊に止まられた程度にも感じない。

「おろか者。そんなだるそうな言葉を個性として確立してどうする。主人公が面倒だ面倒だと言っている報告書など、読む方が面倒だわ。と言うか、それ以前に、そんな動きのない登場人物を書くわたしの身にもなってみろ。途中で書くのを辞めたくなってしまったらどうするのだ」

「そ、そうっすか……」

全否定された。

かろうじてあった個性を、全否定された。

「そもそも、考えるがよい。そなたが刀を集めながら『面倒だ』『面倒だ』と言っている姿を描写したりしたら、まるでそなたはいやいや働いているようではないか」

「のりのりで働けってか」

「その通りだ。とにかく、わたしがそなたを無理矢理働かしているかのような形になることだけは避けたい」

自分の評価が気になるようだった。

宮仕えの悲しさであった。

まあ確かに、七花は別に、いやいや働いているわけではない。

「わかったわかった……面倒だなんて、もう二度と口には出さないよ、それでいいんだろう？　それはそうと、とがめ。ちらっと気になったんだが、さっきの突っ込みのときに叫んでいた、『ちぇりお』ってなんだ」

「ん？　ああ」

ぷらぷら手を振りながら（どうやら、効果がないどころか、七花を殴ったことによって自分の手の方を傷めてしまったらしい）、しかし、得意満面な笑みで応えるとがめ。

「あれはわたしの口癖だ」

「ふうん。どういう意味なんだ？　あんまり日本語っぽくないけど」

「やれやれ、島育ちは本当にものを知らぬなあ。れっきとした日本語だぞ？　『ちぇりお』とは、九州のな、薩摩藩《さつまはん》辺りで流行している、気合を入れるための掛け声だ。これは方言と言うより、むしろ文化かな。別にわたしは九州とゆかりがあるというわけではないのだけれど、『ちぇりお』なんて、気合を入れる掛け声の割になんだか発音が可愛《かわい》いであろう。そう言えばそなたの前で言うのは初めてだったかもしれぬが、まあ、だから割と多用しておるのだ」

「なるほど。薩摩藩でねえ」

「そうだ。わたしの個性がよく出ている」

胸を張るとがめだった。

……もちろん、薩摩藩が発祥《はっしょう》の、気合を入れるための掛け声は『ちぇすと』であり、『ちぇりお』では『さようなら！』『ばいばい！』『元気でね！』みたいな意味合いの外来語になってしまうのだが、この白髪の奇策士がその間違いに気付くのには、これより三ヵ月後の、薩摩編を待たねばならない。その際の、原稿用紙換算十枚分以上に及ぶ照れ照れでいやーんな反応については、とりあえずお楽しみにということで。

会話は続く。

たぶん、本編とは何の関係もない会話が。

「しかし漠然と口癖ったってなあ。そんな咄嗟《とっさ》に思いつくようなもんじゃないだろう。決め台詞も何も……」

大体、つい先月まで、無人島の中、ほとんど他人と接することなく育ってきた七花である。とがめが島を訪れるまで、知っていた人間は、虚刀流六代目当主、即ち父親の鑢六枝《むつえ》と、それから姉の鑢七実だけだ。そんな二人との会話には、口癖も何も必要なかった。

そもそも個性すら必要なかっただろう。

個性が弱いと言われるならば、たぶんそのせいだ。

あの島の中には――客観的な視点がなかったのだから。

全《すべ》てが主観だった。

「安心しろ。そう言うと思って、わたしがあらかじめ、ある程度考えておいてやった」

「…………」

うざっ。

素直にそう思った七花だった。

口にこそ出さなかったが、腹芸のできない七花のこと、表情にははっきりと出たはずだが、しかしそんな反応などどこ吹く風で、とがめは、

「まあ、そなたにも好みがあるだろうからな」

と、立て板に水で話を続ける。

相手の気持ちを考えない人間の方が主導権を握って会話を優位に進めることができるのは、いつの時代でも同じことである。

「候補の中から、最終的に選ぶのはそなたの権利だ。好きなのを選んでくれて構わぬ」

「えらく押し付けがましい権利だな……。まあ……好きなのがあったらな」

「あるとも」

自信たっぷりのとがめである。

なんだか、前振りっぽかった。

「まずは相槌系の口癖だ。台詞の端々に『うっふん』と挟《はさ》む」

「却下だ」

面倒がりで、それだからこそ人から言われたことには割と簡単に頷いてしまう節《ふし》もある七花ではあるが、このときばかりはにべもへったくれもなく拒絶した。

「そんな男が主役の報告書、おれなら燃やす。そんな報告書はこの世に存在してはならない」

「何故だ。そなたのような図体の男がそんな色っぽい言葉を口にするという、この食い違いがいい味になって――」

「いい味になるかどうかはともかく……そうだな、わかりやすく言うと、あんた、一緒に旅する男が四六時中『うっふん』を挟むような奴でいいのか？　そんな奴と一緒に旅をしたいと思うのか？」

「ん？　それは嫌だな。やめだやめ」

あっさり引く。

利己的な女だった。

「では、次は喋り方系だ。方言でいってみよう」

「方言って……それこそ一朝一夕《いっちょういっせき》で身につくもんじゃねえだろ」

「京言葉などどうであろう。そなたのような図体の男がそんな上品な言葉を使うという食い違いが――」

「京都にだって図体のでかい男くらいいるだろう……それに、あのさ、とがめ、食い違いを狙《ねら》うのは危険度が大きいと思うんだよ。外したときに取り返しがつかない、非常にあやうい賭《か》けになるぞ」

「ふむ。意外と鋭いことを言うな、そなたは」

「もういいよ。考えてみれば、おれが無理してまで口癖を身につけなくてもさ、その報告書を書くときにあんたが適当にでっち上げとけばいいじゃん」

「駄目だ、報告書に嘘は書けぬ」

「いや、でもこれ、やらせみたいなもんだろ」

「嘘は駄目だがやらせはいいのだ」

滅茶苦茶《めちゃくちゃ》な判断基準だった。

とがめらしいと言えばとがめらしいが。

「嘘を書くのは駄目だが、本当のことを書かないのは、それは編集上の都合だからな、まあることなのだ。当然、こんな風に会話している場面は、全部省略されることになる。しかし、ううむ、相槌系と喋り方系が駄目となると……やはり決め台詞系となってしまうようだな。ま、工夫がなくてつまらんが、妥当《だとう》と言えば妥当か」

「食い違いを狙ってんじゃねえだろうな」

「いや、案ずるな。ここに関しては、食い違い系はない。格好いい、中でもお勧《すす》めの口癖を、三つ用意した」

「もうおれ、笑い方系の奴でいいよ。そうだ、あの忍者の『きゃはきゃは』笑いを採用しよう」

「ばか者。それは個性がかぶると言うのだ」

「かぶる……」

「個性が弱いよりも、ある意味辛いぞ」

「…………………」

そうかもしれなかった。

本能的になんとなくそう思う。

それ以前に、よくよく考えてみれば、口から刀を取り出すような変態忍者と、個性がかぶりたくはない。

「はいはい。じゃ、そのお勧めの口癖とやらを、聞くことにしようか」

「『ほら、おれって誰よりも神から愛されてるじゃん?』」

とがめは言った。

そして七花に、「続けて」と復唱を促《うなが》してくる。

「『ほら、おれって誰よりも神から愛されてるじゃん?』」

「いや、とがめ……確かあんたは、戦闘能力を持たない代わりに頭がいいって設定じゃなかったっけ……?」

「何を言う。こんな口癖、頭がよくなければ閃《ひらめ》かんぞ」

「確かに、悪魔的な閃きではあるが……」

きつい。

口に出した瞬間、色々終わってしまいそうだ。

「まあ、基本的に敵に対して挑発の用途で使う言葉だな。格の違いを示すと言うか、自らの絶対的自信を示すと言うか。こういう台詞を言うことで、そなたの全能性が表れると同時に、勝利を収めたときに、かなりの楽勝感が出る」

「と言うより、ただの嫌な奴になってる気がするぞ……」

「んー。まあ、ぶっちゃけ、そなたが多少嫌な奴な方が、わたしとしては助かるのだ。手に負えないようなやんちゃで生意気な荒くれ者を、手綱《たづな》をとってうまく操ってこそ、わたしの評価も上がるだろうからな。その意味では、そなたは少し善良過ぎる」

「……………」

勝手な意見だ。

自己中にもほどがある。

どうやらとがめは、相対的に自分の評価を上げるために、七花の位置づけを悪いものにせんと画策しているようだった。

「では、決め台詞系の二つ目だ。『どうやらあんた、島流しにされたいようだな』……どうだ」

「どうだって……」

反応に困る。

なぜ二十年もの間島流しの目にあっていた自分が、他の誰かに向けてそんな台詞を、得意げに言わなければならないのだろう。

「ばか者、だからこそ説得力があってよいのだろう」

いらねえよ、そんな説得力。

あんたどうやって出世したんだ。

という言葉は、ぎりぎり、思うだけにとどめる。

それよりも七花はもう、早くこの会話を終わらせたかった。

これ以上拡げたくない。

会話というか、傷口を。

「とがめ、もうちょっとこう……現実的な発想はないのか？」

「む？　これまでのものも十分に現実的だと思うが……意外と好みがうるさいな、そなた。そんなにこだわらぬ奴だと思っていたぞ」

「うん、おれもこの件についてはこんなに長く論じたくはないんだけどさ……いくらでも妥協する用意はあるつもりなんだけど。とりあえず、決め台詞系の最後のひとつを聞かせてもらおうか」

「そうだな。うむ、これはそなたの超必殺技であるところの『七花《しちか》八裂《はちれつ》』から着想を得た口癖なのだが」

「超必殺技って言うな」

最終奥義《おうぎ》だ。

まあ、大して変わらないか。

「相手が挑発的な台詞を言っていたのを受けて、こう応えるのだ。『ただしその頃にはあんたは八つ裂きになっているだろうけどな』」

「…………」

本当は却下したい。

実際、喉《のど》の奥までその言葉は出掛かった。

どうして自分の流派の技に、そんな不要な味付けをされなければならないのだろう。ましてや『七花八裂』は七花自身が考えた、割と思い入れのある技なのだ。

けれど、恐らくこの後ろにまだまだ控えているだろう、とがめが考えたろくでもない口癖のことを考えると、この辺で手打ちにしておいた方が利口なようにも思えた。ろくでもな

い口癖ばかりとは言え、たぶんとがめは一生懸命考えたんだろうなあと思うと、ちくりと心が痛まなくもないが……それを全て聞いてあげていると、『ひょっとしてとがめって実はおれより頭悪いんじゃねえか？』という、七花の心に生じてしまった疑問を裏付ける材料になりかねない。

七花は自分の頭の悪さを自覚している。

それは別にいいと思っている。

しかし、とがめがそうなのは困る。

この旅路が二人のばかどもの旅路になっては困るのだ。

「それでいこう」

「む？」

「それがいいと言ったんだ。『ただしその頃にはあんたは八つ裂きになっているだろうけどな』。うん、とてもいい感じだ。びっくりしたぜ、おれに似合い過ぎる」

「ああ、これでいいのか？　少し意外だな。これは考えた中では、それほど強く推《お》すつもりのない一品だったのだが。まあ、そうは言っても、自信作であったことには違いがない。そなたが気に入ったのならば是非はない」

「ああ……じゃあ、とがめ、この話はこれで終わりでいいな？」

「うむ。礼を言ってよいぞ」

「感謝感激雨あられ」

「うむうむ」

満足げに頷くとがめ。

とても嬉しそうだ。

そんなわけで――鑢七花の口癖が決定した。

「やれやれ、そなたの好みがうるさいせいで、思いの外《ほか》長話になってしまったな。とは言え、まだ急がなければならぬほどではない。この調子なら、夕方ごろには、目的地に着くであろう」

「ああ。ただしその頃にはあんたは八つ裂きになっているだろうけどな」

「ちぇりおー！」

理不尽に殴られたり。

とまあ、このように。

不承島で出会ってから約一ヵ月が過ぎ――それなりに打ち解けている二人であった。それは別段悪いことではないとは言っても、しかしこんな間の抜けた会話を交わしながら街道を行く二人組があれば、好むと好まざるとにかかわらず周囲の人間の注目を集めてしまい、それは二人の旅の目的から考えれば、あまり歓迎すべき事態ではないのだろうが――けれど、このときこの場所に限っては、そんな心配はまったくなかった。

なぜなら、二人の周囲に人間はいない。

そしてここは街道ですらない。

この時代の日本における、唯一の砂漠地帯——

通称、因幡《いなば》砂漠の、真っ只中だったからだ。

■　■

この前日のことである。

因幡直前の町の旅籠《はたご》に、とがめと七花は宿泊していた。室内においては、さすがにとがめも何枚か、重ね着の着物を脱いではいる。しかしそれでも、豪奢な印象をまるで失わせないだけの最低限の装飾は、肌身離さずにつけていた。

「というわけで、明日から因幡だ」

食事を終え、正面の七花に、そう切り出す。

正面の七花の服装は、外にいるときとさほど変わらない——と言うより、上半身裸の七花がそれ以上着物を脱ぐと、ただの全裸になるだけだ。いや、しかし、言いようによっては、そのときの七花は、外にいるときよりも、逆に厚着をしていると言ってもいいのかもしれない――見ようによってはそう見える。とがめの正面に座った鑢七花は、とがめの長い白髪を、そのむき出しの上半身にぐるぐるに巻きつけていた。

胴体に腕に首に、頭部にも少なからず。

とがめの白髪はとにかく長いので、七花の身体にそれだけ巻きつけたところで、なおまだ余っているくらいだった――俗に女子の髪は大象も引くと言うが、しかしそんな諺《ことわざ》があろうがなかろうが、事情を知らない者が見れば、異様としか言いようのない光景ではあった。

むろん、これは七花の（あるいはとがめの）変態性欲の発露というわけではない。とてもそうは見えないかもしれないが、これより少し前――七花が育った不承島においての、真庭忍軍十二頭領が一人、真庭蝙蝠との戦闘行為からの、反省と対策の結果である。

真庭蝙蝠。

彼はその身体を変成させてどんな人間にでも化けることができるという、変装などという生易《なまやさ》しい技術とは較べるべくもない恐るべき忍術、忍法骨肉細工《こつにくざいく》の使い手であり――そしてその忍法骨肉細工を駆使《くし》し、とがめの姿に化け、七花を騙《だま》し打ちにしようとしたのだった。

結論から言えば、その忍法は七花には通じなかった。

無人島育ちの七花には対人経験がほとんどなく、ゆえに、その日会ったばかりのとがめの姿かたちなど覚えているわけもなく、だから蝙蝠にとがめの姿をいくら真似《まね》られたところで、まったく意味がなかったのである——確かに。

先月の場合は、それはいいように作用した。

しかし、その忍者、真庭蝙蝠を既に撃破した今となっては、七花のそのような人間識別能力の無さは、もはやただの決定的な、そして致命的な弱点でしかない。雇い主であるとがめと倒すべき敵との区別がつかないなど、言語道断である。刀集めの旅路のさなか、いざ乱戦混戦になったとき、虚刀流の技がとがめに向けて放たれては、武力を一切持たないとがめなど、間違いなく一撃必殺だった。

それはとても困るのだ。

余人はともかくとして——とがめというわたし個人のことだけは早急に区別できるようになってもらわねばならないと、さしあたって彼女は、そういう風に考えた。

そんなわけで。

彼女の特徴の中でもっとも際立っている『白髪』という要素を、強く認識させるための、これは教育の風景なのだった。

「いいか。噛《か》むのはなしだぞ。噛んだら傷むからな」

「舐《な》めるのは？」

「舐めるのはいい。むしろ舐めて味も覚えておけ。けれど、あんまり身をよじるな。頭皮が引っ張られるのは痛い」

「そりゃそうだ」

教育とは滑稽《こっけい》なものである。

まあ、不承島から本土へわたって以来の、とがめと七花の、ほぼ毎晩の恒例行事なのだが――その甲斐《かい》あってか、七花はとがめのことを、あ、る、程、度、ま、で、認識できるようになってきていた。

それはともかく。

明日からの予定である。

「おう。因幡の――えっと、なんだっけ?」

「下酷城《げこくじょう》。蒐集対象は斬刀『鈍』だ」

とがめは言う。

「このあたりでそろそろ、斬刀についての説明を、しておかねばならぬだろう」

「ああ。おれとしてはもっと早く聞きたかったところなんだけどな。とがめ、秘密にしてんだもん」

「秘密ではない。機密だ」

「何が違うんだよ」

「重要度がぜんぜん違うわ。まあ、それでもちらりと話したことではあるが――この斬刀は、比類なき切れ味が特性だ。どんなものでも抵抗なく一刀両断してしまう――らしいぞ」

「ふうん」

気のない返事をする七花。

あまり真面目に受け取っていないのかもしれない。

確かに、漠然とそんなことを言われても、ぴんと来ないのも無理はないだろう。

「前の絶刀と、対照的な刀ってわけだな。あれは頑丈さを主題に捉えた刀だったよな――ん？とすると、なんだ？　その斬刀で、あの絶刀を斬ろうとした場合、どうなるんだ？」

「さあな。試してみんとわからんが――しかし、土台、試すわけにもいくまいよ」

とがめは少し笑ってみせた。

七花の無邪気な指摘が面白かったのかもしれない。

「恐らくは、四季崎記紀の変体刀として、完成度の低い方が、矛盾なく負けることになるのだろう。作られたのは斬刀の方があとになるはずだから……あえて答を出そうとするなら、絶刀が斬られるのかもしれん」

「ひゅう」

七花は茶化すような合いの手を入れながら——

とがめから目を逸《そ》らすように、横を見る。

その様子をとがめは見逃さず、やれやれ、と思う。

不承島での真庭蝙蝠との戦闘——展開としては二転三転したものの、最終的に七花は勝利を収めたが、しかし、彼は蝙蝠に対しては勝ったが、絶刀に対して勝ったとは言えない戦績ではあった。むろん、とがめの目的が四季崎記紀の変体刀蒐集にあった以上、絶刀を折られるわけにはいかなかったのだが。

しかし——七花は心残りなのだろう。

虚刀流。

刀を使わない剣術は果たして——刀自体に勝るのかどうか。

試してみたかったのではないだろうか。

七花にとってこの旅は、刀を捨てた虚刀流と、刀にこだわった四季崎記紀との勝負——でもあるはずなのだ。

その負けん気自体は悪いものではないが、しかし、やっぱりとがめとしては気をつけて監視しておかねばならないところだった。

「絶刀を斬れる、斬刀ね……」

「推測だぞ。あんまり本気にして考えるな。それに、その問題の回答は、使い手にもよるだろう。四季崎記紀の変体刀は持つ者に力を与えるとは言え——それを腕の立つ剣士が持つほど、怖いことはない」

「そりゃそうだ。刀のほうにばっか注目していてもしょうがないやな。で？　今回の所有者は誰なんだ？　今回は忍者じゃないんだろ？」

「まあ、そうだ」

蒐集すべき十二本——絶刀の蒐集を終えているので、残り十一本——のうち、現時点でありかが知れているのは、五本である。そのうち、七花に最初に蒐集させる刀に、とがめは斬刀『鈍』を選んだ。地理的条件のこともあったが、そこにはもっとわかりやすい理由があった。

「今回の相手は剣士だ」

「そりゃいいや。虚刀流はあくまでも剣術だからな、剣士ならば忍者よりもやりやすい」

「宇練銀閣という……浪人《ろうにん》ということになるのかな？　それとも……あるいは、城主なのか」

「はあ？」

露骨《ろこつ》に、七花が怪訝《けげん》そうな声をあげる。

「何言ってんだ、とがめ。浪人と城主じゃ、全然違うだろ」

「確かに全然違うが……そうだな、そなたはどうやら、事情を何も知らないようだから、またも一から説明してやろう」

　とがめは言った。

「旧将軍が刀狩令《かたながり》を出した段階での、斬刀の所有者は鳥取《とっとり》藩藩主に仕える一人の武士だった。名は宇練金閣《きんかく》」

「宇練って」

「そう。現在の所有者、宇練銀閣から数えて、十代前の先祖だな。そなたの先祖、虚刀流の開祖である鑢一根《かずね》と、同世代だ」

「ってことは……そうか、そいつは、戦国時代の人間か。四季崎記紀の変体刀を振るって――合戦に参加してたってわけだ。戦国時代と言えば、四季崎記紀の変体刀、全盛期のはずだ」

「常に最前線で戦っていた徹尾家《てつびけ》の鑢一根ほどではないにせよ――宇練金閣も、それなりに武《ぶ》勲《くん》はあげておる。歴史に名を残すほどではなかったがな」

「ん？　そうなのか？」

「六枝どのから、聞いてはおらんだろう？　宇練などという名は」

「まあ――聞いてないけど。なんだ、つまり、そんなに活躍しなかったってことか？」

「だから、それなり、だ」

　とがめは繰り返して言う。

「たとえばそなたがどれほどの強さを有していたところで、敵が一人しかいなければ、一人しか倒すことはできぬであろう。そういうことだ。このあたりは——戦闘が少なかったとは言えないにせよ、それでも比較的、平和だったからな」

「なるほどね。虚刀流の開祖は最前線の激戦区で戦っていたからこそ、伝説になれたってわけだ。ふうん……」

そう言って、何か考え込むような仕草《しぐさ》をする七花。

考えるなど、似合わぬことを。

らしくもない。

とがめはそう思ったが、とりあえず、話を続ける。

「で、まあ、旧将軍によって天下は統一され、その後の刀狩令だ。大名が保有していた変体刀は、ここで一気に、旧将軍の下へと集められることになる」

刀狩令。

日本史に残る悪法中の悪法——表向きは、大仏建立《こんりゅう》の材料を集めるためという理由で、日本中から刀をかき集めた法令。裏の理由は、刀という魂を奪《うば》い、日本から剣士という生き物を撲《ぼく》滅《めつ》するため——そしてその真の理由は、四季崎記紀の変体刀を、全て集めんとする、旧将軍の道楽を超えた狂気である。

達成できたのが大仏建立だけだというのは、ご愛嬌《あいきょう》と言うべきか——土佐《とさ》の鞘走《さやばしり》山清涼《さんせいりょう》院《いん》護剣寺《ごけんじ》刀《かたな》大仏《だいぶつ》と言えば、皮肉にも今や日本中の剣士たち、そう、撲滅し損なった剣士たちがこぞって集まる聖地である。

そして真の理由——変体刀集めも、中途で終わってしまった。

「とは言え、それでも、完成形変体刀十二本以外は、全部集まった——んだっけな。ん？　けどその斬刀は——宇練金閣は鳥取藩主に仕えていたんだから……宇練個人の所有ってわけじゃ、なかったんじゃゃ——」

「武士としては、あるまじきことだが」

淡々と説明するとがめ。

「宇練金閣は、斬刀『鈍』の提出を断った——これは鳥取藩の持ち物にあらず、あくまでも我のものなり、と」

刀狩令発令の前からありかがはっきりしていながら、回収することのできなかった唯一の変体刀——それが斬刀『鈍』である。

「藩に所属していながら、おれのものはおれのもの、か。はは、すっげえこと言うねえ——しかしそれじゃ、ただじゃすまないだろ。当時の鳥取藩主……主君の顔も潰《つぶ》すことになっちまうだろうし」

「その通り。即座に反逆者として、手討ちの命令が出た――が、そのことごとくを、宇練金閣は退《しりぞ》けた。斬刀『鈍』でな」

「だろうな。予想の範囲内だ」

「撃退した人数は、鳥取藩、旧将軍直々《じきじき》の兵団、合わせて一万人を越え……いたっ！」

越えいた。

ではない、越えた、そして、痛い、が正しい。

ちなみに痛かったのは、とがめの白髪を上半身中に巻きつけた七花が彼女の言葉にずっこけるという、この時代にしてはとても新しい反応を見せたため、結果とがめの頭皮が引っ張られたからである。

「何すんじゃー！」

「いや、おかしいだろ、一万人って！」

とがめは怒鳴りつけたが、七花の方も起き上がって、すぐにとがめに怒鳴り返してきた。

「一人で一万人撃退したってのかよ！　この世にそんな奴がいてたまるか！　大根を一万本斬ったって聞いてもこっちは十分驚いてあげられるのに、それがこともあろうに人間だってか！　百歩譲って仮にそんな奴がいたとしても、そいつは明らかに最後の敵だろう！　なんでそんな奴が二番目、実質的には最初の敵として現れてるんだ！」

「落ち着け、これは昔の話だ。銀閣ではなく金閣の話だ」

どうどう、と七花をなだめるとがめ。

普段はとても温厚で穏やかな性格だが、激昂するときはどこまでも激昂する——どうやらそれが七花の性格らしいことを、そろそろとがめは把握してきていた。

切れやすい若者。

しかし、そうは言っても七花はもう、今年で二十四になる青年のはずなのだが……、無人島育ちの悲しさか、どうやら精神年齢は割と低めのようだった。

と言うか。

父親の六枝はどうだったか知らないが、実質的な母親代わりだったと思われる姉の鑢七実は、なんだかんだ言いながら、どうも弟を甘やかしていたっぽい。

「……もう大丈夫、落ち着いた」

ややあって、七花は言った。

「しかし、それでも、やっぱ一万人はおかしいだろ。なんで一人で人口そんなに減らしてんだよ。こんな時代から人口爆発を抑《おさ》えてどうしようってんだ。大体、一本の刀でそこまで人が斬れるわけがないじゃん。それこそ絶刀『鉋』でもない限り——」

「まあ、百五十年以上前の話ではある。数字が信憑《しんぴょう》性《せい》に欠けるというのはあるかもしれぬが、しかし、少なくともそんな風聞《ふうぶん》がまことしやかに囁《ささや》かれる程度には、斬刀は振るわれた——と考えるべきであろうな。しかし七花。剣術と言いながら刀を使わぬ虚刀流のそなたがそう思うのも無理はないが、絶刀ほど極端にならずとも、業物《わざもの》と呼ばれる階級の刀ならば、半永久的に使うことは、理論上は可能なのだぞ」

「はあ？　そうなのか？」

「半永久的と言うのはいささか大袈裟《おおげさ》な物言いではあるがな。それはもちろん、三流の剣士では、十人も人を斬ってしまえば、刃が脂と肉にまみれて、切れ味などまるで失われてしまうであろう。しかし一流の剣士は——刀に負担を与えずに人を斬るすべを心得ておる。刀を傷めずに人を斬れて、ようやく剣士は一流、と言い換えてもよいな」

「…………」

「でなければ、戦国時代に作られた四季崎記紀の変体刀、千本が現存しておるわけもあるまい——絶刀『鉋』以外の九百九十九本が、折れて朽《く》ちておってもおかしくはない。だが実際はそうではないであろう？」

もっとも、現在のところ所在の知れぬ六本の真打《しんうち》の無事までは、わたしの関知するところではないが——と、一応、とがめは付け加えておく。とがめの目的からすれば、無事であってくれねばとても困るのだが、しかし現実は見据えておかねばならない。希望と、希望的観測は違うのだ。

「負担を与えずに人を斬る——ね。少なくとも、四季崎記紀は、刀を消耗品とは考えてなかったわけだ。それが一番極端な形で出たのが、絶刀だったってことか……」

「しかしそれでも、やはり使い手が一流であることが絶対条件だ。その意味で、当時、斬刀はもっとも相応《ふさわ》しい人物の手にあったと言うべきかも知れぬな。結局、鳥取藩も旧将軍も、宇練金閣から斬刀を蒐集できぬまま時代は流れ、刀狩令は撤回《てっかい》され、その後旧将軍は——」

「失脚した」

「失脚、とは言わぬがな」

細かい言葉遣いを、とがめは訂正する。

「天寿をまっとうした、大往生ではあったのだから。とは言え、そこまで正面からぶつかってしまったのだ。宇練金閣は鳥取藩の所属からは外され、無所属の浪人となった」

「無所属ねえ。いい言い回しだな」

七花は愉快そうに笑う。

鑢七花の父親、鑢六枝は、現在の家鳴幕府の統治下における唯一のいくさ——大乱の英雄と呼ばれる剣士（むろん、虚刀流の当主だったので、刀剣を使いはしなかったが、まあ、剣士としておこう）だったが、その直後に犯した罪により、家族もろとも、島流しの刑に服していた。

十九年間一度も島から出ることなく——一年前に、死んだらしい。

七花はひょっとして、宇練金閣と自分の父親を重ねて見ているのだろうか——と、一瞬とがめは思ったが、しかし、すぐに振り払う。

それはどうでもいいことだ。

大体。

とがめとしては、できる限り、七花の父親のことを、考えたくも思い出したくもない——そもそも、とがめが不承島に向かったのは、当初は七花ではなく六枝に、刀集めを依頼するつもりだったとは言ってもだ。

なぜなら。

鑢六枝は、とがめにとってはにっくき仇《かたき》の一人だったのだから——

「追放となったのちも、宇練金閣は因幡から出て行きはしなかったらしいがな。どこに仕官することもなく、不敵にも因幡に屋敷を構えて、住み続けたらしい。どうも因幡という土地が好きだったようだぞ。そして斬刀は、宇練家に代々受け継がれたというわけだ——」

「で、現在の宇練家のあるじ、宇練銀閣に至るというわけか。てことは……明日は鳥取藩、因幡の町の宇練屋敷を訪ねることになるのか？」

「否《いな》」

　とがめは短く否定する。

「宇練屋敷は、もうない」

「ない？」

「と言うより、因幡の町も、もうない」

「もうない？」

「もっと言えば、鳥取藩自体が、存在しない」

「存在しない――」

「因幡砂漠は知っているな」

　驚きを隠さない七花に、とがめは続けて言う。

　前置きが随分長くなってしまった。

「ああ……親父から聞いたことがある。鳥取名物だろ？　日本唯一の砂漠地帯だって――親父も一度、物見遊山《ものみゆさん》に訪れたことがあるって言ってたぞ。すっげーんだってな。見渡す限り、一面砂だとか……実はおれ、ひそかに楽しみにしてたんだ」

「ならば安心しろ。いやというほど見ることになる」

　とがめは皮肉な調子で言った。

「因幡砂漠は、五年ほど前から拡大の一途を辿《たど》ってな。海岸の一部を占めるだけだったはずのそれは、鳥取藩全土を――呑《の》み込んだ」

「…………」

「今や因幡は、人の住めぬ荒野だ」

砂漠が成長した。

そう表現するしかない、急激な環境変化だった――長年因幡砂漠を管理監督していた鳥取藩も、絶対絶大の権威を誇る家鳴幕府も、どうすることもできない、自然災害だったと言っていい。規模もさることながら、その速度があまりにも規格外だった。

鳥取藩の滅び、因幡の滅び。

二十年間、島に閉じ込められていた七花が知らないのは当たり前ではあるが――

「剣客も刀も、自然には勝てねえってか」

投げやりにそう言う口調からすれば、それはやはり七花にしてみても、思うところのある事実だったらしい。その頃は、既にとがめは幕府所属の人間となっていたので、他部署のことながら色々と対処対策を練ったものだったが、焼け石に水で、ほとんど効を奏《そう》しなかったと言っていい。だから今、七花が抱いている気持ちがよくわかる。

無力感。

それは、そう呼ばれるものだ。

「ただし」

と、とがめは言う。

「剣客も刀も自然には勝てないと、そう結論を出すのはまだ早いかもしれんぞ、七花——なぜなら、そんな荒野の中、人の住めぬ荒野の中——平然と暮らす一人の剣客が、おるからだ」

「…………？」

「そなたにならって言うならば、一本の刀——なのかもしれんがな。それが宇練銀閣よ。今となっては因幡に建つ唯一の建造物である下酷城に——彼はたった一人で、生きている。斬刀『鈍』を、腰に差してな」

■　■

そしてその翌日——

奇策士とがめと虚刀流七代目当主鑢七花は、仲良く並んで、砂漠の上に足跡を残しながら——因幡は下酷城を目指して、道なき道を歩んでいるというわけだった。

「まだまだ寒い時期でよかったな」

と、七花は空を見上げながら言った。

「これが真夏だったら、あんた間違いなく死んでたぞ。そんな厚着してんだから」

「たわけ。夏には脱ぐわ。三枚くらい」

「大して変わらないだろ。大体あんたさー、自分は体力がないからって、こうしておれに全部荷物持たせてるけど、おれが持ってる荷物全部合わせても、あんたの服飾品の重さを越えないような気さえするんだよ」

「重ねて、たわけ。女子のお洒落《しゃれ》は別筋肉だ」

「別筋肉？　女子にはそんな器官があるのか？」

呆《あき》れた口調の七花。

「服なんて、着るだけ邪魔だと思うけどな。動きにくくなるもん」

「そなたの上半身に服を着せることを、わたしは既に諦《あきら》めているが……下半身まで脱いではくれるなよ。変態と旅はしたくない」

「安心しろ。あんたが買ってくれたこのはかまは、そこそこ気に入っている。動きやすいし、戦いやすい」

「？　動きやすいと戦いやすいは違うのか？」

「まあ、違うね」

「ふうん」

ざくざく、と。

砂に足跡を刻みつけながら、二人は歩き続ける。

計算では、丸一日かけての徒歩だった。

別筋肉うんぬんは冗談にしても、それだけの距離を徒歩で歩けるとがめも、武芸のたしなみはないとは言え、体力自体がまったくないというわけではないらしい。七花に関しては、まあ、言うに及ばずである。彼にとっては、丸一日の徒歩など、布団にくるまって寝ているときと、消耗する体力においては大差ない。

「町が砂漠に呑み込まれた——ってことは、その辺を掘り返せば、家やら何やらが発見できるかもしれないいってことか？」

「もう随分歩いたからな、この辺りはもう、砂漠成長以前から砂漠だった区域だ。とは言え、掘り返せば何かが出てくる可能性はあるだろう。五、六百年前の何かがな」

「ふうん。えーっと、そういや、鳥取藩の下酷城は、因幡砂漠のど真ん中に建てられてたんだったな」

「砂漠の全体図が変わってしまった今となってはど真ん中ではなく、その端っこのあたりということになるが……文字通り、自然の要塞《ようさい》といったところだな。砂漠攻めの訓練など、行なう武将はおらんであろう。ゆえに、攻めるにかたく、守るにやすい……とは言え、砂場に城を、よくぞ築いたとは思う。実際問題、それよりもかたいことはなかったろう」

「だからこそ、因幡に唯一残った建造物、なんだろうけどな——ところでとがめ。昨日から、あんたにひとつ、尋《たず》ねておきたいことがあったんだが」

「うん？」

「まにわにの蝙蝠に最初に絶刀を蒐集させたのは、あいつがもっとも『柔らかい』忍者だったからこそ、もっとも『硬い』刀に相応しい——ってことだったよな。で、続いての錆白兵に薄刀を蒐集させたのは、薄刀は最も扱いづらい刀で、その刀を十全に扱えるのは日本広しと言えど錆白兵ひとりだったから——だとか」

「その通りだ」

「そこで、なんだけど。どうしておれに、まず、斬刀を蒐集させるんだ？　そこには何か、相性と言うか、組み合わせ的な理由があるのか？　刀を使わないおれに、相性も組み合わせもないと思うんだけど」

「ひとつには地理的条件だ。そなたの住んでいた不承島から、一番近い位置にあると知れていた変体刀が、斬刀であったから」

「なるほど。それは合理的だ」

「しかし、それだけではない——虚刀流、即ち刀を使わぬ流派であるそなたには、相性のいい刀、組み合わせるべき刀というのは、確かにない。どのような刀とも相容れないからこその虚刀流なのだから。だからこそわたしは変体刀の蒐集役にそなたを選んだのだから、その意味では、蝙蝠の場合や錆の場合とは違う。しかし七花——そこには一本だけ、例外となる刀がある」

「例外となる刀……完成形変体刀十二本の中でか？」

「いや、変体刀千本全ての中で、と言ってもいい。それが斬刀『鈍』だ」

とがめは力強く断言した。

「どういうことだよ」

「わからんか？　切れ味が鋭いだけの刀など、そなたにとっては、そんなもの、何の特徴にもなるまいよ」

言って。

とがめは、「ちぇりお！」と、七花の脇腹を突いた。それは言えば言うほどあとが恥ずかしいという恐るべき呪いをはらんだ口癖なのだが、それはまあさておくとして。

「？　なんだよ。おんなじとこ三回も殴るなよ」

「さすがに痛かったか？」

「いや、別に痛くはないけど」

「そうであろう」

とがめは言う。

「確かに、鍛え抜かれたそなたの身体はほれぼれするくらい見事なものだ。ずっと触っていたくなるような、素晴らしい筋肉だ。が、七花、しかしこの筋肉、だからと言って刃物を通さぬわけではないであろう？」

「あ」

「鍛えに鍛えたところで、生物の硬度には限界がある。どんななまくら——これは固有名詞ではなくただの名詞の用途だが——の刀であれ、刃が触れれば、そなたの身体は切れるだろう。ならば切れ味の鋭さなど、あるだけ無駄というものだ。そなたは鍔迫《つばぜ》り合《あ》いをすることがないのだぞ？　ならば斬刀『鈍』は、そなたにとってはその辺のだんびらと何ら変わらぬよ」

「そりゃそうだ」

とがめの説明に、七花は納得した。

確かにそれは——唯一の例外だった。

それぞれに際立った特徴を備えた四季崎記紀の変体刀の中で、唯一——七花にとって、ただの刀と何も変わらない。斬刀『鈍』は、そういう刀なのだ。

「あんたがばかじゃなくて、安心したよ」

「……？　そんな安心のされかたをしたのは初めてだな……まあよいが。とすれば、必然、今回の蒐集は、そなたの剣術と、宇練銀閣の剣術の、純粋な勝負となるであろう。剣士の力が刀によって他の刀のときほど底上げされないとなれば、比較的難易度の低い蒐集となるはずだ」

「先祖の宇練金閣の話は昨日聞いたけどさ、そういや、本人の腕については、まだ聞いてなかったな。一万人斬りができるほどの剣客なのか？」

「それはわからん。ただ、腕が立つのは確かだ。居合い抜きの達人だと聞いておる」

「居合い抜きか」

「宇練家は先祖代々、そうらしい――むろん、宇練金閣も含めてな。居合い抜き専門の剣術使いと言ってもよいかもしれぬ。……まあ、性格のほうは、変人と言うほかなかろう。身分出生にかかわらず、誰もが砂漠化してゆく因幡の土地を見捨てる中――ただひとり、この土地に残ったことを鑑みてもわかるようにな」

「……この土地の砂漠化は、今も続いているのか？」

「いや、どういうわけか……一年ほど前に停まった。その頃には既に因幡全土は覆いつくされてしまっていたが、だから、その周辺の藩への被害は微々たるものだ」

「ふうん」

「都合、四年間の地獄だったというわけだ……、それよりも、七花。一応、訊《き》いておこう。居合い抜き対策の技は、虚刀流にはあるのか？」

「ん？　ああ、居合い抜き対策ね……うーん、どうだろう。あれは親父に言わせれば、剣術の究極形だからな――そうだな、とがめ、この流れなら、おれのほうから逆に質問したいんだが」

「なんだ」

「宇練銀閣という剣客と、錆白兵という剣客なら、どちらの方が強い？」

「……わたしは宇練を直接知っているわけではないので何とも言いがたいが……それでもやはり、錆のほうに軍配をあげるな。あの男の技量は、底が知れぬ。刀を傷めずに戦えて初めて一流――とは言っても、奴以外に薄刀『針』を使いこなせる剣士は、皆無であろう。それこそ――奴ならば一万人斬りくらいの芸当は、平気の平左でやってのけるかもしれぬと思わせるくらいだ」

「なるほど。まあ、あんたの判断基準じゃ、そうなるんだろう。じゃ、その錆白兵とおれとじゃ、どっちに軍配をあげる？」

「…………………」

とがめは一瞬、答に詰まった。

その一瞬の沈黙で十分だったらしく、七花は、「しかしあんたは、意外と嘘がつけない性格だよな」と、苦笑する。

「報告書に嘘が書けないってのも、なんかわかる気がするよ」

「いや、違うぞ、七花。錆は確かに規格外の剣士ではあるが、しかし、戦い方次第ではそなたに勝機がないわけでは――」

「いやあ、これはそういう意味じゃないんだ、とがめ」

七花は言った。

不敵な、いっそ傲慢《ごうまん》なくらいの口調で。

「要するに、あんたはまだその程度にしか虚刀流を知らないということだ――もしも虚刀流を正確に認識していたなら、居合い抜き対策はあるのかなんて、腑《ふ》抜《ぬ》けた質問は、一応でも何でも、出てこない」

「錆白兵すら……敵でないと？」

「さあね。そこまではわからん」

あんま会いたくなくなっちゃったしな、と。

口調は、すぐに元へと返り――いつもの七花の、気楽そうな、気負うものなど何一つないかのような、適当なそれとなる。

「ま、何にしても、心配はいらねーってことだ」

「ふっ……ちぇ、ちぇりお！」

今度は雪駄《せった》で、七花の足の指を踏みつけたとがめ。

これはさすがに痛かった。

「な、なんだよ？」

「か、勘違いするな、誰がそなたの心配などするか！　わたしはただ、斬刀を無事に蒐集できるかどうかが不安だっただけだ！　そなたなどどうなろうが知ったことか、そなたの代わりなんぞいくらでもいるのだからな！」

「………………」

こういうのは、まあ。

まだ名前がないだけで、日本古来の文化だったという方向で。

「そ、そうなのか……おれの代わりはいくらでもいたのか……か、勘違いしていた」

本気で傷ついている七花も七花だが。

ともあれ、とりあえずの道行きもここまでだった。

一旦停止である。

歩む二人の直線上、砂の上に横たえられたあるものが見えたのだ。それは一刀両断にされた、男の死体であった。

二章
宇練銀閣

■
■

鑢七花ととがめの間で、『まにわに』という非常に可愛らしい、たぶん本人達からすればたぶん不本意不名誉極まりないであろう愛称が着々と定着しつつある、暗殺専門のおどろおどろしい忍者集団、真庭忍軍は、今でこそ里ごとまとめて抜け忍となってはいるものの、四季崎記紀の変体刀が絡むまでは尾張幕府と密接な関係——とはいかぬまでも、ある程度の協力態勢をとっていた。直参《じきさん》扱いと言えば言い過ぎではあるが、少なくとも幕府が、直属の隠密《おんみつ》達よりも、真庭忍軍のほうに、忍法忍術という意味で重きを置いていたことは、確かである。

まして、とがめが総監督を務める軍所は、表に出せない裏の役目を担うことの多い部署だ——幕府の人間の中で、もっとも真庭忍軍を知る人間は、他ならぬとがめだったと言っていい。むろんそのとがめにしたところで、十二頭領の全員を知っているわけではないし、その使用する忍法となれば、知っているのは真庭蝙蝠を含めてもほんの数人ということになるが——しかし。

そこにぞんざいに打ち捨てられていた、一刀両断にされた死体の顔には、見覚えがあった。

そう。

真庭忍軍十二頭領が一人、真庭白鷺である。

■　■

悪い夢でも見ているようだ。

と、鑢七花は思った。

ついさっきまで、そんなものは見えてはいなかった――あくまでも、見えていたのは、両断された、横たわった人間の身体だけだったはずなのだ。しかし、とがめと二人で、その死体まで駆け寄って――そこで、一陣の風が吹いた瞬間だった。

すぐ目前に――巨大な平城が現れた。

何の説明もなく、だ。

城壁も門も、堀も曲輪《くるわ》もなく――砂漠の中に、いきなり天守閣《てんしゅかく》があった。

「え……？　あ、あれ？」

なかった――さっきまではこんな城、少なくとも、見えてはいなかったのに。

「自然の要塞だと言ったろう」

しかし、七花の驚きとは対照的に、とがめは、突如現れたその城に関しては冷静極まりない反応だった――最初からその事態を、予測していたかのように。

「蜃気楼《しんきろう》は知っているか？　温度差によって、光が屈折《くっせつ》し、遠くのものが近くに見えたり、地上のものが空中に見えたり、逆さ向きに見えたり、そしてあるべきものが見えなかったりする自然現象なのだが……ここは砂漠で、しかも海が近いからな、うってつけの状況なのだよ。言うならば大気による迷彩だ」

城壁も門も堀も曲輪もないのは、その蜃気楼現象に邪魔だからだ――と、とがめは淡々と説明した。

「ここまで近寄らねば認識できない――それが因幡砂漠の下酷城だ。攻めるにかたく、守るにやすい。知らない人間は知らないことだが――一部では有名な話ではある」

「な、なんだよ。あんたは知ってたのか？　だったら、これはあらかじめ言っとけよ。びっくりしちまったじゃねえか。これは秘密でも機密でもなかったんだろ？」

「すまぬ。そなたをびっくりさせようと思って……」

「…………」

茶目っ気だった。

時機的に最悪になってしまったが。

外した、に近い。

「しかし……この男……」

その照れ隠しでもなかったが、とがめは脇にかがみこんで、じっくりと、その死体を検分する。腐敗が相当に進んでいるが、しかし、それでもまだ、原形を失っているというほどではない。七花はかがみ込みこそしなかったが、とりあえずとがめの真似をして、その死体を彼女の肩の上から、覗《のぞ》き込んだ。

袖のないしのび装束《しょうぞく》。

巻きついた鎖。

それに、闇に生きる忍者でありながら、覆面さえしていない忍者——と来れば、普通なら七花はここで、先月やりあった真庭蝙蝠のことを連想してもよさそうなものだが、しかし現時点で七花が区別できる人間は、姉の七実と、それからかろうじて、奇策士とがめだけである。わずかにも見た覚えがあるとすら思わず、しかしそれでも、そんなとがめの顔色を見て取って、

「知り合いか？」

と、訊いた。

「……真庭忍軍十二頭領が一人、真庭白鷺だ」

とがめは、ほとんど無感情に答えた。

「面識はある……蝙蝠とは違って、共に仕事をしたことがあるわけではないし、どのような忍

法を使うのかまでは知らないが……何度か顔を合わせておる。さっきそなたの口癖を決める際に例にあげた、『逆さ喋りの白鷺』とは、こいつのことだ」

「ふむ」

頷く七花。

「とうとう、逆さ喋りってのがどんなものなのか、おれは知ることがなかったわけだ……よかったのか悪かったのか。しかし、まにわにの十二頭領が、どうしてこんなところでふたつになっちまってたんだ？」

無人島育ちの七花は、死体を見慣れてはいない。けれど、それは同時に、死体に対する恐怖を教育されていないということでもあったので、ここで、真庭白鷺の無残《むざん》な有様について、必要以上の戦慄《せんりつ》を覚えることはなかったが――しかし、実際に真庭忍軍十二頭領の一人、真庭蝙蝠の実力を身体で知っている身としては、理由の方までおざなりにすることはできなかった。

「少なくとも、こいつ、蝙蝠と同じくらいの腕前の持ち主――なんだよな？」

「蝙蝠は、そうは言っても戦闘向きの忍者ではなかったからな……手裏《しゅり》剣砲《けんほう》にしろ忍法骨肉細工にしろ、暗殺向きの能力ではあったが、あくまで正面切って戦うための手段ではなかった。白鷺の忍法がどのようなものなのか、やはりわたしは知らないのだが……それでも、噂に聞く限りには、戦闘に適した技ではあったらしい。その意味では、こと戦闘力に限っては、蝙蝠よりも白鷺を序列を上に置いてもよいだろうな」

「それが――かくも一刀両断か」

七花は、白鷺の身体の切り口を確認する。実になめらかな――何の迷いもないような切り口だった。切り口と切り口とをあわせれば、そのまま引っ付いてしまいそうな雰囲気すらある。肉も骨も関係なく一緒くたに――いやそれよりも驚くべきは、しのび装束の上に巻きつけられている太い鎖すらも、まったく同じように断たれていることだろう。蝙蝠とやりあったあと、その特徴的な鎖は、いわゆる鎖かたびらの変種――つまり防御具として、真庭のしのびが装着しているものだと、とがめから教えてもらった。その防御具すらも一刀の下に切り裂かれているとなると――真庭白鷺は、防御すらままならない攻撃によって殺されたということになるのだ。

「真庭忍軍は、十二頭領内で競争をしておると言っておったな。四季崎記紀の完成形変体刀十二本蒐集競争――おそらくは因幡、下酷城の宇練銀閣が斬刀『鈍』を所有していると知り、白鷺はここを訪れたのであろう。そして――返り討ちにあった」

「誰に」

「宇練銀閣に決まっておろうよ」

しかし、とがめは顔を上げ――

突如出現した（と見える）下酷城を見遣《みや》る。

「真庭忍軍頭領がこのざまとは——案外、軽く考え過ぎていたかもしれぬな。集めるべき刀の中では、斬刀はそなたにとって難易度の低い部類だと思っていたが——存外、そうではないのかもしれぬ」

「真庭忍軍頭領なら、おれも倒したぜ」

「そなたの場合は、運にも恵まれていたろうが」

それは——一概に否定のできない言葉だった。運に恵まれていた——むしろ敵の方から勝手に転んでくれたと言ってもいい。むろん、違う展開になっていたところで勝利を収めていただろうというくらいの自信も七花にはあるが、しかし、ここでそんな主張をしたところで意味がないことくらいは、彼にもわかる。

「……まあ、前向きに考えるとしよう」

とがめは首を振ってから、すいっと立ち上がる。七花には、その表情から何かを読み取ることはできない——もともと七花は、黙っている相手の腹を読むような真似は苦手なのだが。

「不覚にも先を越されてしまっていた真庭忍軍が、斬刀の蒐集に失敗した。これはとらえようによっては、悪いことではあるまい。もしも白鷺が変体刀蒐集に成功していれば、せっかく因幡まで来たというのに、それが無駄足になってしまっておったのだからな」

「なるほど、前向きだ」

七花は頷く。

が、しかし、その言葉を真に受けるほどには、七花も相手の心がわからないわけでもなかった。

「だがとがめ、こいつが襲撃に失敗したことで、宇練銀閣は、警戒しちまっただろう。ただでさえそいつも四季崎記紀の刀が貴重品であることを知らないわけじゃないだろうに——まあ、こいつがどこまで、何を喋ったかなんて、わからないけどさ。その逆さ喋りとやらでな。でも、最悪の場合——宇練銀閣はこの下酷城から姿を消しているかもしれないぜ。斬刀『鈍』ごとな。それでも、所在が知れなくなったことには違いがないぞ」

「それはない、と思う」

とがめは言った。

「因幡全土が砂漠化しても、それでもこの土地から退《ひ》かなかった男だ。しのびの一人や二人で、その意志を曲げたりはするまい。それに——この白鷺の有様を見る限り、宇練は自分の腕に絶対の自信を持っておる。士道不覚悟の敵前逃亡など、考えもすまい」

「……どうすんだ？」

あえて、七花はそこで訊いた。

「あるいは出直すってのも、ありかもしれねーぜ」

「ありえん話だ」

ほとんど台詞をかぶせるような即答で、とがめは言った。

「真庭忍軍がこれほどの速度で動いている今、わたしがたたらを踏んでいる暇などあるものか。七花、わたしは今、むしろ安心しているところなのだ。真庭白鷺が引き立て役になってくれたお陰で、上に提出する報告書に盛り上がりができたのだからな。裏切り者の真庭忍軍が撃退されたという敵から変体刀を蒐集したなどと、何とも痛快ではないか。何より、逆さ喋りなどという描写の鬱陶しい忍者を、これでわたしは書かずに済む。実はわたしはこの忍者の登場を怖れていたのだ——書くのがとてもしんどそうだからな。『白鷺』というこいつの名前と、わたしの外見的特徴の『白髪』という言葉の微妙なかぶりについてしていた心配も、これで解消というわけだ」

死者を鞭打《むち》つ台詞の数々だった。

言いも言ったりである。

「大体、七花、ここまでお膳立《ぜんだ》てが整っていながら、すごすご引き下がるなどという格好悪い有様を、そなたはわたしに書けと言うのか？」

「なるほど——前向きだ」

もちろん、その言葉の裏にあった強がりも、七花に読み取れなかったわけではないが——雇い主がそこまで言うのに、逆らう理由は、彼にはなかった。

「だからおれは、あんたに惚れたんだ」

■

■

砂漠の中に唐突に出現した下酷城――その圧巻の衝撃に七花がびっくりしたのは確かだったが、しかし、時間が経過して、落ち着いてから改めて城の全体像を眺めてみれば、それは荒廃《こうはい》し切った、言ってしまえば廃墟のような印象を受ける建物だった。不承島から本土に出てきて、京の町から因幡に至るまでの道すがら、社会勉強がてら、とがめにあちこち見物させられ、大小かかわらず『城』という建造物を見せられもしたが、しかし中でも下酷城は、みすぼらしい印象を受けた。

当然と言えば当然である。

五年前、因幡の砂漠化が始まって以来、この城を管理する人間はいなくなっているのだ――手入れされなければ、城であろうが屋敷であろうが、建物などあっという間に朽《く》ちてしまう。ましてここは砂漠の中だ。崩れ落ちずに、かろうじて形を保ったまま、そこに建ち続けていることが、もう奇跡的なのだろう。もともと、乾燥対策、砂嵐対策の下に建造されたのは間違いないだろうが、今となっては唯一の因幡人――宇練銀閣がいるとは言え、城ほどの規模の建物を、一人で手入れできるはずもない。中に這入ることに不安を覚えるほどだったが、かと言って入城しないわけにも行かず、七花はとがめに続いて、むき出しの天守の中に這入った。

自然の要塞。

とは言え、中身は普通の城である。

ただ荒廃していて、廊下から壁から、あますところなく砂粒にまみれているというだけだ。本来ならば許されることではあるまいが、この状態ならば咎《とが》める者もいないだろうということで、持っていた荷物こそ玄関口に置いてきたものの、とがめは雪駄を、七花は草鞋《わらじ》を、脱がないままに廊下を歩いていた。

とがめが前で、七花がそのうしろである。

この並びは、城に這入る際からそうだった。

「七花。そなたは一歩下がっていろ」

入城直前に、とがめがそう言ったのだ。

「わたしを前方に置け」

「…………？」

七花はその言葉の意味をはかりかねた。とがめはそんな七花に、

「わたしが先に行く、と言ったのだ」

と、言い方を微妙に変えて、繰り返した。

「先に行くって……あ？　どういうことだよ。戦うのは、あんたじゃなくておれなんだろ？　それともあんたがまず、最初に宇練銀閣と戦おうってのか？」

「ばか者。わたしの戦闘力はそなたもよく知るところだろう。わたしを倒すことなど障子紙《しょうじがみ》を破くよりもたやすいぞ」

「そんなことを威張《いば》って言われても……」

ならばどうして前に立つ。

障子紙など、盾にもならない。

と言うか、雇い主を盾にする気など毛頭《もうとう》ない。

「あのな、七花。どうもそなたはその辺りを誤解しているようだから、一応言っておくが」

とがめは城に向かう足を一旦止めて、七花の方を振り向いた。結構な身長差があるので、立った姿勢で向かい合っても、あまり向かい合っているという感じにはならないのだが。

「わたしたちは別に、強盗というわけではないのだ」

「ん？　んん？」

「四季崎記紀の完成形変体刀を蒐集しなければならぬ。これは幕命であるからには、絶対だ。しかしだからと言って、いきなり丁々発止《ちょうちょうはっし》のちゃんばらを行い、刀を強奪すればよいというものではない。まずは手順を踏まねばならぬ。戦闘開始に踏み切る前に、交渉《こうしょう》が必要なのだよ」

「……？　じゃ別に、おれ、いらねえんじゃねえの？　交渉はあんたの領分だろう」

「だからわたしが前面に立つのだ。しかし、そなたは必要だ。旧将軍の刀狩令とは、もはや時代が違う——いや、刀狩令など、あの時代にもあっていいものではなかった。歴史に残る悪法——それを繰り返してはならぬ。最終的に戦闘に転がり込むにしても、大義名分《たいぎめいぶん》は必要なのだ」

「えっと……よくわかんねーけど、いわゆる、お役所的な手続きってことか？」

「……今回のところは、その理解でもいい。伝え聞く話によれば、宇練銀閣は、とても善人とは言えぬ、放蕩無頼《ほうとうぶらい》な浪人であったらしいからな。金で頼まれ、人を斬るような男であったと聞く。昔のことをさておくとしても、今だって、再三にわたる警告を無視し、不当に城を占拠し続けておる、悪人ということになる」

「ふむ。まあ、そうだな」

「現在所在の知れておる、斬刀を含む五本の刀は——全て、その類の人間が所有しておると言ってよい。残る四本も、恐らくはそうであろう——四季崎記紀の刀の毒を、好んで摂取《せっしゅ》するような人間は、およそ狂人と相場は決まっておるでな。錆白兵にしたところで、剣士としてはともかく、薄刀を入手する前から、人としてはまともであったとは言えぬ。しかし——そうは言ってもだ、七花。そうではない可能性を、わたしとしては一応、考慮しておく必要はあるのだ」

「……考慮って？」

「たとえば刀の所有者が善人だったとき、そなたはどうするつもりなのだ？」

とがめは、七花にと言うよりは、それは自分に問いかけるような口調で、そう言ったのだった。

「わたしたちは強盗ではない――かといって正義の味方でもない。幕府の後ろ盾がある以上、人を斬っても咎められることはないが、だからと言って無闇《むやみ》やたらに斬り刻んでよいということではない。幕命ではあるが、必要にかられて変体刀を集めているわけではないということを、ゆめゆめ忘れるな」

わかったら行くぞ、と、半ば強引に、会話をそこで切り上げて、とがめは城の方を向いた。

白状すれば、七花にはとがめの言ったそれらの言葉は、半分も理解できなかった。ほとんど聞き流してしまったと言ってもいい。悪人や善人――あるいは狂人といった定義が、世間知らずの彼の中では、まだ明確になっていなかったから、と理由を説明することもできるが、客観的に言えば、そこまで回転する頭がなかったのだ。

いや、そこに関しては、七花の世間知らずに理由を求めなくてもよいのかもしれない。

虚刀流は、存在そのものが刀である。

刀は持ち主を選ぶ――しかし斬る相手は選ばない。

そういうものだ。

どれほど七花が純朴で素朴な振る舞いを見せていても——いや、そうであればそうであるほど——彼そのものには、現時点で、善悪の区別も、倫理も道徳もない。あくまで刀として、文字通り鍛えられてきた七花は、人らしさを教えられていないのだ。

彼をそう育てた、彼の父もそうだった。

果たして、どんな相手であろうと——斬ることに抵抗を持たなかった。

善人も悪人も、どころか、女も子供も、関係なかった。

鑢六枝は——その結果、大乱の英雄となったのだ。

実際のところ、鑢七花が、蒐集対象の刀の所有者が善人の場合——といった、目的と人情の板ばさみの状況に陥《おちい》ることになるのは、もう少し先の話である。

「あ」

「ん？　どうした？」

「そこのたたみ——汚れてる」

警戒しながら、下酷城の中を探索する途中、七花がそれに気付いた。ふと見た広めの一室の、端の部分のたたみが、どす黒く染まっていたのだ。直感的に、その汚れが何なのか、二人は悟った。

血だ。

「つまり——真庭白鷺は、ここで斬られたってことか？」

「いや……違うな」

七花の推測を、とがめは否定する。

「この部屋に敷かれているたたみの中で、その一枚だけ、色合いが違う。同じ部屋で同じように使われていたら、同じように退色していくはずなのに、だ。つまり、おそらく、他の部屋において、血で汚れてしまったたたみをこの部屋のものと交換した、といったところだろう」

「なるほどね。それは的確な説明だ。しかし、なんでわざわざそんなことをするんだ？」

「自分の居室として使っている部屋があるのではないか？　そこに白鷺が現れ、戦闘になった。勝ちはしたものの、結果、たたみが汚れてしまった。血で汚れた部屋で寝起きするのは、誰だって嫌であろう。だからここのものとたたみを取り替えたのだ、と思うが」

「んー」

七花は意味ありげに、天井を見上げる。上背《うわぜい》のある七花でも、手を精一杯伸ばしてなお届かないほど、高い天井だった。どれほど荒廃していようとも、この辺り、城は城である。

「どうした？　まだわからぬことがあるのか？」

「いや……ってことは、あれだな、この一画の近くに、宇練銀閣はいるってことだな。汚れが血となると、匂いの問題もあるだろうから、すぐ隣の部屋のたたみと取り替えるってわけにはいかないだろうけれど、そこまで遠くの部屋のたたみと、取り替えようとは思わないはずだから」

「冴えておるな。では、このあたりを重点的に探すとするか」

「了解」

そして。

二人は、その襖の前に、辿り着いたのだった。

城内のかなり奥まったところである――しかし、別段、何らかの特徴のある一室というわけではない。取り立てて、人の気配がするというわけでもなかった。ただ、この下酷城に這入って以来、二人が見てきた中で、唯一――この部屋の襖だけが閉まっていたのだ。

他は襖も障子も、全て開け放ちだったのに――

何かあるとしか、思えなかった。

「…………」

「…………」

目配《めくば》せをする、七花ととがめ。

最初、七花が襖に手をかけようとしたが、それはそれとなくとがめに止められた。声に出して言いこそしなかったものの、そこは自分の役目だという意思表示だったのだろう。七花は素直に手を引いた。でしゃばるつもりはないのだ。主従で言えば自分が従であることは、弁《わきま》えている。前方に身を置けと言われれば前方に身を置くし、後ろにいろと言われれば後ろにいる。やはり手入れがされていないからか、少々立て付けが悪くなっているようだったが、それでも、とがめが少し力を込めれば——

からり、と襖は開いた。

そこは決して広くはない一室だった——いや、ありていに言って、かなり狭い。家具の類は何もない、飾り気のない殺風景なたたみ敷きの部屋だったが、それでも、人間が一人座っているだけで、いっぱいいっぱいになってしまうくらいの面積しかない。

そんな一室に、人間が一人——座っている。

女子のように髪を伸ばした、線の細い男だった。

黒い、簡易な着流し。

部屋の中央に、目を閉じて、あぐらをかいている。

眠っているかのようだった——否。

どうやら、実際に眠っているようだ。

「……………」

「……………」

再度、目配せをする二人。

それから、その男に、同時に視線を戻した。

着流しの男は——刀を腰に差したままで、眠っている。

黒い鞘に納まった刀。

柄も黒ければ鍔《つば》も黒い。

着流しの黒を保護色に、見えなくなってしまいそうな——そんな刀だった。

このとき、不思議な感覚を、七花は覚えた。

先月、真庭蝙蝠が絶刀『鉋』を、自らの体内から取り出したときとは違う——あのとき蝙蝠は、問われる前から、その刀を、四季崎記紀作、変体刀真打十二本が一本絶刀『鉋』であると、誇らしげに語っていた。

今回は違う。

まだ、その黒い刀が斬刀だと、誰も言っていない。

とがめも言っていないし、宇練銀閣も言っていない。

そもそも、厳密に言えば、目前で眠っている着流しの男が宇練銀閣であるという保証すらもないのだ——なのに。

直感で、わかった。

わかってしまった。

そこにある刀こそ――斬刀『鈍』だと。

「……？　……えっと」

とは言え、もちろん――この現象について、このときの七花に、具体的な説明、理屈付けが思いつくわけもない……ただなんとなくそう思ってしまったんだな、早とちりかもしれない、気を緩めないようにしないと――などと、そんな風に気持ちは流れてしまい、その不思議な感覚を意識したのは、ほんの一瞬のことだった。

そして、

「宇練銀閣だな？」

という、とがめの張りのある声が聞こえたところで、そんな一瞬のことは、大して記憶にも残らず、忘却されていくことになる。

まだ目を開けもしない着流しの男に、とがめは、相変わらずの権高《けんだか》な言い振りで、

「わたしは、尾張幕府家鳴将軍家直轄預奉所、軍所総監督――奇策士とがめだ」

と、名乗った。

まあ、ここで物語として真っ当な展開をなぞろうとすれば、将軍家の家紋の入った何がしかでも取り出して目前の男に示すのが正しい手順なのだろうが、残念ながらとがめの所属する軍

所は幕府の中でも極めて影にして極めて裏の部署なので、そういった、身分を証明する何がしかというものは、一切持っていない。だからこうして名乗るときは、言葉で相手を説得するしかないのである。

「その刀——斬刀『鈍』と見受けるが、如何《いかが》かな？」

「……うるせえな」

ぼそりと。

張りのあるとがめの声とは対照的な、消えゆくような呟《つぶや》きだった。

「確かにおれは宇練銀閣だし……あんたは、なんだ？　なんとかってとこのとがめさんなんだろうし……この刀は斬刀『鈍』だけどよ……そう大きな声でぴーちくぱーちく怒鳴るなよ。寝起きの頭に、がんがん響くぜ」

「……それは失礼した」

とがめは少し声の調子を落として——微笑した。相手が目的の人物で、刀が目的の刀だとはっきりしたところで、軽く安心したのだろう。

目を覚ましはしたものの、男——宇練は、あぐらをかいたまま、立ち上がろうとしない。ただ、申し訳程度に、細く開けた目で、とがめと、それからその一歩後方にいる七花を、確認しただけだった。

腰に差したままの刀。

眠るときにさえそうしていた。

それで刀を守っているつもりなのだろうか、と七花は少し疑問を覚えた。肌身離さず、ああして腰に差していなければ、いつなんどき誰に盗《と》られるかわからないから……？　だとすれば、ずいぶんと気弱なものだ。まあ、体内に刀を保存するなんて無茶ができるのは真庭蝙蝠くらいだから、四季崎記紀の変体刀、その保存方法については、所有者は全員、常に頭を悩まさなければならないのだろうけれど……。

「で？　幕府のお偉いさんが、こんな砂漠に何の用だよ……あれ？　おれを名指しだっけ？　またここから立ち退けって話か……ん？　いや、斬刀……」

「その斬刀。譲ってもらえんかな」

単刀直入に、とがめは言った。

少し単刀直入過ぎるくらいだ、と、後ろで聞いていて、七花は思った。交渉と言っていたが、改めて考えてみれば、この高飛車な女に、果たして交渉らしい交渉なんてできるのだろうか……？　先月、不承島を訪ねてきて、七花を雇うときの口振りもそうだったが……（とがめがどう思っているかは七花には知るよしもないが、実際あのときの交渉も、交渉自体は失敗したようなものだ）……。

「もちろん、ただとは言わん。幕府として、できる限りのことはさせてもらおう。たかが刀一本、そうやって後生大事に抱えていたところで、何のこやしにもなるまい」

「……この前よお」

宇練は、とがめの言葉に直接には応えず、変わらず眠そうなままの声で言った。

「忍者の偽物みたいな奴が来て、あんたと似たようなことを言ってったけど……何？　あれ、あんたらの友達？」

「友達ではない」

きっぱり否定するとがめ。

それはまあ、この奇策士は真庭忍軍からは手痛く裏切られているから、そんな横柄《おうへい》な口調になるのもわからなくもないが、それだったらせめて、忍者の偽物という宇練の酷《ひど》い言い草の方も否定しておいてあげてもいい、と思う七花は、割といい奴かもしれなかった。

「わたし――たちは、あんな下種《げす》な忍者とは違う。正当な取引を、望む者だ。むろん、たかが刀一本とは言え、そなたの差すその刀の価値は、よく認識しておるつもりだ――伝説の刀鍛《かたなか》治《じ》、四季崎記紀の作りし、変体刀の完成形……間違っても、他の何かに換えられるものではあるまい。しかし宇練よ、そこを曲げて、幕府のために――ひいては天下国家のために、貢献してはくれぬか」

「……天下国家のために、なんて奴に、ろくな奴はいねえよ」

とがめの言葉に、宇練はやはり、眠そうに言った。

「まだしも、この間の忍者の偽物の方が、ましなことを言ってたぜ……ってもあいつ、変な喋り方してたから、本当におれの思ってる通りのこと言ってたのかどうかは、わかんねえけどな……ふわあ」

大あくびをする宇練。

その態度と物言いに、とがめの頬が、ぴくりと引きつった。

高飛車な上に気が短いのか……これで交渉が成功したら逆にびっくりだと七花は思ったが、しかしそれでも、あくまで口は出さない。たとえどれだけとがめが交渉向きの性格でなかったところで、自分がそれに勝るとは考えられないし——それに。

やはりそれは、とがめの役目なのだろうから。

刀である七花が、口を出す領分ではない。

……心の隅《すみ》のほうでは、不向きなことにたどたどしく挑戦しているとがめに萌えている不謹慎な気持ちもあるにはあるが、それは秘密だ。

「おぬしとて、いつまでもこの砂漠の中、この城の中で、のうのうと暮らしておるつもりはないであろう。野心があるのならば、わたしは協力できると思うぞ——表にも裏にもな」

「浪人のおれを取り立ててくれるってのかい？　ありがたい話だがね——しかしおれの首には、賞金がかかってるとも聞くぜ」

「むろん、その枷《かせ》も外してやれる。どんな望みも、思うがままだ」

「……ふあ」

大あくび。

どう見ても、とがめの話に真面目に取り組もうという態度ではない。まるでまったく話にならないという感じだ。

——刀の毒。

それが回りきっているということだろうか——と七花は考える。忍者の真庭蝙蝠や、あるいは真庭白鷺だったならばその影響も比較的低いのだろうが——もろにそのもの剣士である宇練に対しては、四季崎の刀の毒は、相応の効力を発揮するに違いない。

「おい、宇練——」

「……怒鳴り声をやめてくれたのは助かるけどよ……今度は声が小さ過ぎて、よく聞こえねえな。もうちょっと近付いてきてくれねえか？」

寝ぼけまなこのまま、宇練は言った。

「大体、敷居《しきい》越しに話をするなんて、剣士に対して失礼だろうがよ。あんたがどれだけ偉いか知らねえけど、少なくともそれは頼みごとをしようって態度じゃねえよな」

「…………」

とがめは不愉快そうに口を尖《とが》らせたが、しかしそれでも、その点だけに限って言えば相手の言うことに理があると思ったのだろう、敷居を跨《また》いで、とがめは宇練の座っている狭い室内へと足を踏み入れる。七花もそれに続こうかどうしようか迷ったが、しかしとにかく狭い部屋だ、宇練がひとりでいるだけでもそう感じるのに、三人は無理だろうと、自分は動かずに、その場にとどまっておくことに決めた。右足、左足の順番で、部屋を移動したとがめ——ふと、七花は、なんとなくではあるが——その部分のたたみの色合いが、他のものとは違うことに気付いた。ああ、そうか、さっき見た部屋のものと取り替えたたたみは、そこのものか——と、思い……、
そのとき。

ふいっ……と、宇練の右手が動いた。

動いたとは言え——それは動いたと言うほどではない。

ほんのわずか。

右手で、刀の柄をつかんだだけ——と見えた。

その瞬間。

しゃりん！

そんな音がした。

そして、そんな音がする直前、その瞬間の直前に——七花もまた、動いていた。動かず、とどまっておくことを決意し、そしてたたみの色合いの違いに気付いた直後——考えるよりも先に身体が動いた。それはほとんど反射神経のようなものだった。全身をあますところなく駆動させた、逆回転における、いわゆる胴回し回転蹴り——

「虚刀流、『百合《ゆり》』！」

ただし、今の位置から、たとえ百回転したところで、次の間にいる宇練のところまで、七花の足刀《そくとう》は届かない。いくら七花の脚が長かろうが、『百合』は別に、脚の長さが伸びる技というわけではないのだ。七花の足がかろうじて届くのは——空間を迂回《うかい》するようにして届くのは、宇練銀閣の身体ではなく、それよりもこちら側の、とがめの身体だった。

構えない、直立の姿勢から繰り出した不完全な技とは言え、障子紙と較べて遜色《そんしょく》ない強度のとがめの肉体である、『百合』の型通りに、全体重を乗せたかかとを炸裂《さくれつ》させては命にかかわる。かかとだけではない、足の裏全てを接触させることを意識して、『蹴る』と言うよりは『押す』、いや、『引っ掛ける』ように——

とがめの胸元に、それは決まった。

　武芸の素養の全くないとがめのこと、背後から身体の前面を攻めるその不意打ちに対処ができるわけもなく、見事に後ろ向きに吹っ飛ばされる。宇練のいる部屋から、七花のいる部屋へと——だ。回った七花の足もまた、宇練のいる部屋からすぐに戻される。回転の威力を殺しきれずに、七花はその場で小さく、もう一回転した。受身も取れず、とがめはしりもちをついて、倒れてしまった。

　そして、それから。

　しゃりん！

　という——そんな音がしたのである。

　とがめは上半身だけ起こして、怒鳴った。

「何すんじゃー！」

　なるほど、確かに頭ががんがんする、と七花は思った。

「落ち着けよ、とがめ」

「いきなり蹴られて落ち着けるかこのばか者！　最初、後ろから見えない力に吸い寄せられたのだと勘違いしたから、宇宙人に誘拐されたかと思ったわ！」

「その発想はものすごいが……見てみなよ」

　七花はそれに気付いて、ならば口で説明するよりも早いと思い、とがめの着物の胴の帯の辺りを、指さした。十二単衣さながらのとがめの衣装——しかし、その真ん中の、腹の辺りが、ざっくりと斬れていたのだ。厚着の着物が——半分以上、切り裂かれていた。それは、城の外に打ち捨てられていた、真庭白鷺の死体を連想させるには十分の、鋭い切り口だった。

ちょっと間に合わなかったらしい。

しかし、反射神経よりも速く動くことなど不可能である以上、それがこの場合の限界だったのだろうが……となると、むしろぎりぎり間に合ったというべきなのかもしれない。

「な……な」

さすがに、とがめも静かになって、青ざめる。

「も、もしも厚着をしていなければ、今頃わたしの身体は……」

「いや、厚着をしていなかったら、普通にその分だけの着物が無事で済んだだけだと思うけど」

混乱しているらしい。

とは言え、そこは百戦錬磨の奇策士である、すぐに混乱からは立ち直り、無様にしりもちをついたままの姿勢ではあるけれど、敷居を挟んで向こう側の宇練に対し、

「きさま！」

と、声を張り上げた。

「一体——何をした！」

「……びっくりした」

幕府の人間を斬りつけておきながら――尚も平然と、尚も眠そうに、宇練は、ぬけぬけとそんなことを言った。

「この斬刀を手にして以来、おれの零閃をかわした奴はあんたが初めてだぜ……いや、あんたら、か？　それとも――おまえ、なのかな」

そうして、宇練は七花を睨《にら》み据える。

寝ぼけまなこのままではあるが――強く睨む。

「びっくりしたのはこっちの方だ――居合い抜きが剣術の究極形というのは聞いていたが、まさかそこまで速いものだとは思わなかった」

今頃、気付く。

宇練が柄を持った瞬間にあった『しゃりん！』というあの音は――鍔鳴りの音だったのだ。柄に手を伸ばしたのと同時に鍔鳴り音が生じるほどの、想像を絶した速度――

抜刀する頃には、既に納刀を終えている。

俗《ぞく》に居合い抜きの際の刀のきらめきを、一閃と表現するが――宇練の居合い抜きには、そのきらめきさえもなかった。眼に見えることも音に聞こえることもない――見えるのは両断された自分の身体だし、聞こえるのは両断したあとの鍔鳴り音だけなのだ。

ゆえに、零閃。

それが宇練家に伝わる、究極の居合い抜き――

「んじゃまあ、おまえのびっくりとおれのびっくりで、おあいこってことで」

理に適《かな》っているような的外れなような、いずれにせよどうでもいいようなことを言って、宇練はそっと、刀の柄から手を離す。

離したところで――そんなものは、何の安心の材料にもならないが。

七花は自分の軽はずみな認識を改める。気弱だなんて、完全に見損なっていた――あれほどの居合い抜きの使い手ならば、そうして刀を腰に差している姿勢こそが、斬刀を最も効率的に、防御できる姿勢なのだ。

「宇練――きさま、今自分が何をしたのかわかっておるのか！」

「だーかーら、怒鳴るなっての……あんたもさあ、そんな腕の立つおにいちゃん連れてきているくらいなんだ、最終的には腕っぷしに訴えてくるつもりがあったんだろ？　だったら、細かいお話はすっ飛ばしちゃおうぜ。あんたは随分と弁の立つ方らしいけどな……、おれは無骨な剣士だ――剣でしかよう語らんよ」

「おにいちゃんだと⁉　きさま、わたしがこいつの妹に見えるのか！　わたしのどこが妹だ！」

怒りのあまり、反応がおかしい。

まだ混乱からは回復していないのかもしれなかった。

「おれのご先祖さまはよ――主君も、どころか当時の将軍すら敵に回しても、この刀を譲らなかったんだってよ。なのに、おれがはいそうですか、どうぞどうぞとあんたにこれを渡したんじゃや、草葉の陰で笑い物だぜ。笑い声がうるさくって眠れなくなっちまうじゃねえのよ」

「その刀をなくすのが、怖いのか？」

既に交渉は決裂したようなものだと見て取って、七花がここで初めて、宇練ととがめの会話に、横合いから参加した。

「その零閃って技――四季崎記紀の作りし斬刀じゃなけりゃ、そこまでの速度はでないんだろ？　だから、それを失うのが――怖いのか」

「怖かったら、なんだ？」

「別に。それが刀を使う剣士の限界なんだろうな――と思ってさ」

「……………………」

たは、と、沈黙ののち、宇練は笑った。

「そういうおまえは、剣士じゃねえのかい？　見たところ、身体に刃物は帯びてねえようだが――」

「剣士だよ。まごうことなく、な」

「だったらおまえにはわかるだろう」

宇練は言う。

「剣士に言葉は不要なんだよ。この刀が欲しいってんなら、黙って奪い取ればいい。おれはそれに——黙って抵抗するだけだ」

「なんなんだそれは。意地か」

「気位だよ」

宇練は迷いも見せずにそう言った。

「とは言え、怖いっつーなら怖いね。零閃は別に、斬刀ありきの技じゃねえが——それでも、一度この速度と威力を体感してしまえば、もう普通の刀にゃ戻れない。だが、だからって斬刀を失うのが怖いんじゃねえぜ——おれはおれ、の速さが怖いんだ。おまえはその女をかばえて、ひょっとしたらいい気になってんのかもしれねーが、今のがおれの全力だと思うなよ。零閃の最高速度は——光を超えるぜ」

試してみるか。

と——宇練は七花を、手招きした。

「——とがめ」

しかし、七花は、宇練からのその誘いを——蹴る。と言うより、全くの無視をする。その代わりに、まだしりもちの姿勢のままのとがめに、そんな風に声をかけた。

「いくつか確認したいことができたんだけど――いいかな」

「は、はあ？」

そのお気楽な、あまりにも空気を読まない発言に、とがめは面食らったようだったが、それにも構わず七花は、

「おい」

と、今度は宇練に言った。

「宇練、ちょっと作戦会議だ。すぐに戻ってくるから、うたたねでもして待ってろ」

「………………」

「そのときは、披露《ひろう》してもらうぜ――最高速度の零閃とやらをよ」

「……襖、閉めていけよ」

宇練は、とがめのように面食らったりはせず――むしろ、この場でそんなことを言い出した七花に、あからさまに警戒を強めたようだったが――しかし、少しだけ間を空けたあとではあるが、感情を見せない語調で、そう言った。

「神経質なもんでな。光が入ってくると、寝れねえんだよ」

「そうかい。わかった。じゃあな」

言って七花は、すぐに襖を閉じた。やはり立て付けが悪かったので、わずかに時間を要した

が——襖を開けるのがとがめの役目で、襖を閉じるのが自分の役目だというのは、なんだかとても象徴的だと、らしくもないことを、七花は考えたりした。

「七花、そなた、何を勝手なことを——」

「いや、とがめ、前言を撤回するわけじゃないけど、あいつの居合い抜き、ちょっと洒落にならない速度だから——出直しとはいかねえが、仕切り直しが必要だと思ってさ」

そんな風に言いながら、七花は、とがめに手を差し伸べる。とがめは不満一杯の表情だったが、しかし、しぶしぶと、その手を取った。限界ぎりぎりまで手加減されていたとは言え、虚刀流の足刀をまともに胸に食らってしまっては、すぐに立ち上がれはしないのだろう。さすが障子紙である。厚着をしていなかったら——というあの台詞で言うのなら、案外、厚着をしていなかったら、あの『百合』で、とがめは胸骨《きょうこつ》辺りを骨折していてもおかしくなかったのかもしれない。

「あー、そうだ」

と。

襖の向こうから、声がした。

眠そうな声だ——七花としては本気で言ったわけではなかったのだが、これから本当に、宇練は一眠りするつもりなのかもしれない。

「白髪のおねえちゃんの名前は聞いたけどよ——そういや、まだおにいちゃんの名前は聞いてなかったよな。教えとけよ」

「…………」

ちらり、と、七花はとがめを窺う。

とがめはこくりと、頷いた。

とがめが幕府の人間として動いているとなると、虚刀流の人間がそれにかかわっていることをおおやけにしてよいのかどうかわからなかったので、七花はあえて宇練に対し、名乗りをあげていなかったのだが、どうやら別に名乗って構わないということらしい。

ならば躊《ちゅう》躇《ちょ》する理由はない。

七花は自分の身分に誇りを持っている。

それは父親から受け継いだ、誇りだった。

「虚刀流七代目当主——やしゅり七花だ」

…………。

噛んじゃった。

三章 落花狼藉

■　■

天下国家のために、なんて奴に、ろくな奴はいない——と、宇練銀閣が一体、どんなつもりで言ったのかは、果たして、定かではない。ああいう性格の人間の言うことだ、なんとなく、意味もなく、ただ奇策士とがめの揚《あ》げ足を取るためだけに言った言葉かもしれない。しかし少なくとも、言われた側であるとがめが、天下国家のために動いているわけではないのは、確かなことだった。

強盗ではない。

かと言って正義の味方でもない。

幕命ではあるが、必要にかられて変体刀を集めているわけではない——ならばなにゆえに、この奇策士はかような旅路に身を任せているのだろうか？

端的に言って、それは個人的な復讐のためだった。

言ってしまえば私利私欲だ。

とがめの父親は、先の大乱の首謀者——奥州《おうしゅう》の顔役、飛騨鷹比等《ひだたかひと》である。刀狩令が歴史に残る悪法だとするならば——おそらく飛騨鷹比等は歴史に残る悪人ということになるのだろう。

結局のところ、歴史とは勝者の側が好き勝手に語る日記帳みたいなものなのだから。

しかしとがめはそうはしたくなかった。

確かに父親は失敗したのだろう。

いくさに負けたということは、そういうことだ。

けれど——悪い人間だったとは、思えなかったのだ。

一族郎党皆殺しにされ、近しかった人間が一人もいなくなったところで——天涯孤独《てんがいこどく》になり、一人ぼっちになったところで——彼女はその思いを捨て切れなかった。

だから彼女は、それ以外の全てを捨てた。

名を捨てた。

家を捨てた。

情を捨てた。

忠を捨てた。

誠を捨てた。

心を捨てた。

そして——彼女は幕府の中に這入り込んだ。ついには遂《と》げられなかった、父親の思いを、飛騨鷹比等の本懐《ほんかい》を遂げるために——しかし、そのためにはまだ、まだまだ足りないのだった。

あれから人生と月日をかけて、尾張幕府家鳴将軍家直轄預奉所軍所総監督まで上り詰めたが――、軍所総監督では、まだ足りない。父のためにも、復讐のためにも、とがめはもっと、もっともっと、上り詰めなければならないのだ。

そう、少なくとも将軍と直接話せるくらいの位置にまで。

声が届き。

伸ばせばそっ首に手が届くくらいの――そんな位置まで。

そうでなければ――後世に残る、歴史の教科書は書き換えられない。

敗者は語れない。

まして死者が何を語ろう。

彼女は生きて――そして勝たなければならないのだ。

とがめにとって、四季崎記紀の変体刀蒐集など、あくまでもそのための手段に過ぎないのである――幕府のためだとも、将軍家のためだとも、まして天下国家のためだとも、思っていない。

必要性も必然性もない、極めて個人的な理由だ。

ならば、とがめの相方《あいかた》、鑢七花はどうか。

彼は、何のために戦う？

天下国家など、物心つく前から無人島で、俗世を断って育っていた彼にとっては、一番縁遠いものだ。刀を使わない剣術である虚刀流の当主が、その対極的な存在である四季崎記紀の変体刀を集めようという、積極的な理由もない。興味はあれど、理由はない。その理由のなさ、刀に対する執着のなさこそが、とがめが虚刀流に目をつけた理由ではあるが——そんなことは、七花の側にとっては与《あずか》り知らぬことである。

ならば、なぜ。

その答は、実に彼らしい、単純明快なものだ。

彼は、とがめのために戦っているのだ。

出会ってまだ間もない、一人の女性のために。

何の目的もなく何の意義もなく、それこそ必要性も必然性もなく、無人島でただただ己の技を磨いていた彼が、二十四歳にしてついに、目的と理由を得たのだった。

刀は斬る相手を選ばない。

しかし——持ち主を選ぶ。

彼は、彼女を選んだのである。

七花は、刀集めに際してとがめが最初に組んだ相手である真庭蝙蝠から、とがめが変体刀を集めんとする理由を聞いている——手柄をあげ、武勲をあげ、忠誠ではなく復讐を胸に抱いていることを聞いているのだ。それだけならば、しかし、七花はどうとも思わなかっただろう。

自分のような俗世を離れた人間にはかかわりのない、組織の中のあれやこれやだと、単純に聞き流したかもしれない。複雑な利害関係は考えたくなかったし、かかわりたくもなかった。ただ、とがめの父親――大反逆者、飛騨鷹比等の名前だけは、聞き流せなかった。

飛騨鷹比等。

それは、七花の父――大乱の英雄、虚刀流六代目当主、鑢六枝がその手で、虚刀流の手刀《しゅとう》でもって、殺した男の名前なのである。否、飛騨鷹比等を討《う》ったからこそ――鑢六枝は大乱の英雄になったのだ。

七花の父は、とがめの父を殺していた。

それも、とがめの目の前で。

彼女の白髪は――そのときからである。

……父親のやったことの罪滅ぼしを、とまで、考えたわけではない――罪滅ぼしも何も、合戦で敵を討ったことを、罪と考えるべきなのかどうかは、七花にはわからない。刀に斬る相手は選べないのだ。けれど、ただわからないというだけでなく――そんなことを、それまで考えもしなかった自分が、嫌になっただけなのだ。それまで、父親のことを、何も考えずにただただ英雄視していたことに、酷い自己嫌悪を感じただけなのだ。なにより――父親を殺され、復讐に身を投じながら――その復讐の手段のための手段として、虚刀流に頼らざるを得なかった、とがめの心中を——想像し切れなかっただけなのだ。

たった、それだけのこと。

ゆえに、彼は戦う。

とがめのために。

■
■

「そう不機嫌そうな顔すんなよ、とがめ」

「不機嫌そうな顔などしておらんもん！」

「もん？」

「あ、いや……不機嫌そうな顔などしておらんわ！」

言い直した。

力強く言い直せば言い直すほど、最初の失言が可愛らしかった。

とは言え、それになごんでいても仕方がない。

あれから——仕切り直しと言って、宇練銀閣の居室から離れ、七花は下酷城内のどこか他の部屋でいいと言ったのだが、とがめが、作戦会議だか何だか知らんが、そうするとなれば徹底的にしなくてはならぬ、と言い、二人は一旦、城の外まで出ていた。

因幡砂漠。

既に夜である。

真っ暗だ——と言うには、夜空の星明かりが少々、見事過ぎたが。

砂漠の上に腰を下ろして、二人は向かい合っている——こんな場合であっても毎晩恒例の刷り込みは大事ということで、とがめの白髪が、七花の上半身にぐるぐるに巻きつけられていた。

砂漠の中に建つ天守閣を背景に、豪奢な衣装の女と、その白髪を身体に巻きつけた図体のでかい男——なかなか前衛的な画ではある。

加えて、とがめの着物は、ある程度はだけている。宇練の零閃の名残《なごり》だが——もっとも、元々相当に着物を着崩しているとがめにとっては、その程度の破れほつれは、お洒落のうちのようだった。

「たまにあんた、すげえ子供っぽいこと言うけどさ……正確にはあんた、何歳なんだ？　おれより年上なんだよな？」

「そんなことはどうでもよかろう。年齢についてそなたにとやかく言われたくはない。とにかく、わたしは不機嫌そうな顔などしておらん」

「言いたいことといっぱいありそうだけどなあ」

「あったところで、いちいち言わんわ。そなたには何を言っても、馬の何とやらだろうからな」

「……それは略し過ぎじゃないのか？」

馬の耳に何とやら。

いくら不機嫌でも、それくらい言え。

「それより、七花、確認したいことはなんだ？　確かに宇練の居合い抜きは、わたし達の想像をはるかに超えたものではあったが……あそこで戦闘を中断する理由があったとはわたしには思えないのだが」

「いや、完全に戦闘を中断するつもりだったわけでもないんだけどな——中断はするつもりだったけど、その前提として、あいつがそれに応じるかどうかを、まず確認したかったんだ」

「…………？　応じるか、どうか？」

「つまり、あの場から立ち去るおれととがめを、あいつが追ってくるかどうか——ってことなんだけど。けれど、あいつはそうしなかった」

「まあ、そうだが」

「とがめが敷居を跨いで、あの部屋に這入った瞬間にあいつは斬りつけてきた——逆に言えば、あの部屋に這入らない限り、あいつはおれたちを攻撃してこないということだ」

まず、それを確認したかった——と、七花は言った。

「いや……確かにそうだったが。しかしそれがどうしたと言うのだ？」

「一般的な剣術と、居合いの違いなんだけど……ああ、とは言っても、おれは実際に刀を使うわけじゃないから、使う側から見た違いじゃなくて、それを攻める側としての違いのことなんだけど」

氷床《ひしょう》道場を代表例として、本土に渡ってからこっち、七花はとがめに、あちこちの剣道場へと連れまわされていた。それは第一にはとがめが、刀集めの戦略を立てるにあたって、虚刀流の動きをある程度把握するのが目的だったが、第二には、無人島育ちで実戦経験のない七花に、実戦とは言わないまでも、それなりの経験を積ますという目的もあった。けれど、あくまでもそれは、稽古《けいこ》の域を出ないものだった――つまり、七花に対して相手方が使用していたのは、真剣ではなく木刀である。

ゆえに、鞘走りを必要とする居合い抜きの使い手は、稽古の相手にひとりもいなかったのだ。居合い抜きに対する七花の知識は、だからこれまで、父親から聞いていただけのものだったのだが――実際にああして相対してみると、体感してわかったことが、いくつかある。

「刀をな……まあ、木刀でも真剣でも同じなんだけど、こう構えられると――鬱陶しいんだよな」

「ん？　それはそうであろう。武器を向けられて、圧力を感じない人間はいない」

「んー。そうじゃなくて……」

七花は言葉を選ぶ。

自分の感じていることを、うまく言葉にすることができないのだ。

「刀ってのは、武器であると同時に、これ以上なく有効な防具なんだよ。刀の攻撃を刀で受ける、そういうちゃんばらの鍔迫り合いって話以前に、こんな風に」

七花は、白髪が巻きついたままの腕を、すいっととがめに向けて突き出す。ん、ととがめは微妙な反応をした。

「おれの場合は手刀だが——こんな風に突き出されると、まず近寄りにくいし、それに攻めにくいんだよ」

「棒でありながらにして——壁だと」

「ああ、その言い方。わかりやすい」

七花は自分の言葉が通じたのを見て、嬉しそうに笑った。七花の言葉は控えめに言ってもつたないので、それが通じるのは、とがめの察しがよいということなのだろうけれど。

相手との間に剣を挟むように構えろ。

とは、ともあれ、現代の剣道にもある教えである。実際にやってみればすぐにわかることなのだが、相手がつくった『壁』は、攻める上で、かなりの障害になるのである。もちろん例外はいくらでもあるし、虚刀流でもない限り、その刀による『壁』は自分のほうでも所有しているから、そこに戦略が生じるのだが――

「あんたにも見せた、『菊』がいい例だけど、虚刀流の場合、その刀を相手の一部とみなし、攻撃するのが基本だ――物我一体を逆手に取り、まず防御壁を破るってわけだな。もっとも、この基本は、今のところあんたに封じられているが」

無刀取り――と言えば聞こえがいいが、虚刀流の技を刀にかければ、大抵の場合、その刀身は砕けてしまう。刀集めが旅の目的である以上、その基本を使用するわけにはいかない。『刀を守れ』――それは、とがめからきつく言いつけられていることだった。この枷は、実際のところ、虚刀流の技の大半を役立たずにしてしまう、とても重く厳しいそれなのだが――目的が目的であるだけに、仕方のないことではあった。

「まあ、とは言え精々《せいぜい》、『破る』とはいかずとも剣の『壁』を『崩す』くらいのことはやらなければならないんだが――しかし居合い抜きの場合、そもそも、その『壁』がないんだよな」

「ああ……そうか。鞘走りが必要ということは、納刀した状態で構えるわけだからな。……もっとも、宇練のあぐらをかいたままのあの姿勢は、構えと言っていいのかどうかはわからんが……いや、居合いは、座合《ざあい》とも言われることがあるから、構えでよいのかもしれぬが」

「ともあれ、あの姿勢であの速度なんだ。あれが本気でないとしたら、最高速度って奴は、確かに想像もつかないな。光を超えるってのは、さすがにないだろうけど」

「どうだろうな。あながちはったりとばかりも言えん。目に見えぬということは、既に光を超えているということかもしれんぞ」

「零閃――か」

七花はふと、横目で下酷城を見遣った。目に見えない――ということであれば、この下酷城もまた、そうだったからだ。見えない城において振るわれる、見えない剣――宇練銀閣。

「つまり、居合い抜きの場合、『壁』がないから、攻めやすいということか？」

「逆だ、とがめ――『壁』がないから、より攻めにくいんだ。見えるものなら対処できるし――見えないものなら避ければいい。しかし、ないものは、対処することも避けることもできない」

「…………」

「刀を鞘に仕舞っているというのは手の内を隠しているということだ――と、親父はよく言っていた。まあ、ありていに言えば、攻め時がわからないってことになるのかな。どころか、攻め時は相手に握られている、迂闊《うかつ》に攻撃はできない。こっちが先手のはずなのに、攻撃権は相手のほうが先になっちまう。さっきとがめがされたように、間合いに這入られればそのときに抜く、それだけの理屈で、単純明快なんだからな。こっちは迂闊に攻撃できないのに、向こうは思うがままってことだ。後《ご》の先《せん》を取る待ちの構え、邀撃《ようげき》の姿勢――にして、これ以上なく、攻撃的な剣法だぜ」

「わざと隙《すき》を見せて攻撃を誘っている――のか」

「そうだな。大体、そうでなくとも、抜きの剣術ってのは厄介なんだ。それは、最初からわかってたことなんだけどな――」

「厄介？　何が厄介だと言うのだ。剣は、剣であろう」

「ああ……えっと」

奇策士とがめ。

ありとあらゆる知略謀略を駆使し、いくさ合戦を大局的に指揮する組織、軍所の総監督――ではあるが、しかし彼女は、繰り返すように、武芸のたしなみは、一切ない。

戦うためのすべをひとつも心得ていないのである。

不承島を訪れたときこそ、虚刀流を試すという名目で帯刀していたものの、その刀も、既に尾張に送り返している。それは奇策士としての彼女の誇り――いや、自分自身に対する戒《いまし》めであった。父を殺し、一族を滅ぼした『剣』なるものを、自分は一切使用せずに、しかるべき目的を果たそうという――ゆえに。

実は、剣術については、それほどの知識はない。

あくまでも彼女の役割は、大局的な指揮なのだ。

　もっとも、説明する七花のほうにしたって、実戦経験は皆無に等しい有様なのだから、どっちもどっちなのだが――だからこれは、とがめの聡明さによって何とか成立している、際どい会話ではあった。

「さっきの『壁』の話とも繋がるんだが――たとえばこう、剣が振り下ろされるとする」

　とがめの目の前で、縦に手刀を切る七花。

「どう避ける？」

「わたしならきっと避けられん」

「だから何で威張って言うんだ……」

「受けるのはなしなんだな？　なら、こう、右側に――」

「右前方、が正しい答かな。虚刀流に限った話なのか、一般的な話なのかはわかんないけど、普通、こういう縦の軌道の攻撃に関しては『前に避けろ』っていう教えがあって」

「なるほど、まあ、命の取り合いをしているときに、接近してこられるというのは、かなりいやがられるだろうからな。自分が攻撃しているときとなれば、尚更だ」

「突きのときでも対処は同じだ。ただ――」

　貫手《ぬきて》をとがめの喉元に寸止めしてから、七花は続けて、横向きに薙《な》ぐ軌道――それこそ居合い抜きの軌道を、手刀で示した。

「これでは、前には避けられない。右にもだ」

「避けても、刀が迫ってくる――か」

「受けられないんなら、退くしかない」

さっきみたいに、と七花は言った。

先刻の場合は、退いたと言うよりは強引に引き戻されただけなのだが――そんな細かいところに、恨み言めいた突っ込みを入れている場合でもないととがめは思ったのだろう、

「それで」

と、先を促《うなが》した。

「打つ手はなし――か？」

「受けられるなら、受ければいい――んだろうが、使ってる刀が斬刀『鈍』だからな。生半可《なまはんか》な防御じゃ、まとめて斬られるのが落ちだ――まにわにの忍者の身体に巻きついてた、あの鎖のようにな。虚刀流の話をすれば、『菊』が刺突《しとつ》対策であったように、居合い抜きに限らず、薙ぐ軌道の剣撃に対する虚刀流の受け技に、『桜』ってのがあるんだが――その手を打ってしまうと、斬刀は折れてしまうんだ」

「それでは本末転倒だ」

「そう、本末転倒。まあ、それでなくとも、あの零閃、おれにも見えたわけじゃないからさ

――見えないものは避けるのが精々だ。軌道は見えず、鍔鳴り音しか聞こえないということは、起こりと止まりがほとんど同時に終わっているということだ。そんなもの、ぶっつけ本番じゃ、とてもじゃないが受けることはできない」

「では、絶体絶命ではないか。そなた、あんな大口を叩《たた》いておいて――」

あんたはまだその程度にしか虚刀流を知らないということだ――まあ、大口と言えば大口である。居合い抜き対策として『桜』があったところで、それが使えないのであれば意味がない。むしろそれでは、ただの負け惜しみであるようにさえ思えてしまう。

「いや、とがめ。早とちりするな、対策がないとは言っていない――けれど、あいつ……宇練銀閣はどうも、居合い抜きにのみ精通した剣客って感じだろう？　えらく偏《かたよ》った印象もあるけれど、逆に言えば、それは居合い抜きに絶対の自信を持っているってことなんだ。とがめ――まにわにのところのあの忍者、名前をなんて言ったっけ？」

「真庭白鷺」

「そう、その白鷺だが――」

真っ二つに両断された真庭白鷺の死体。下酷城に入城する前に、それは七花が砂漠の砂の下へと埋めたので、辺りを見渡しても、もう見えない。忍者にそのような弔《とむら》いは不要だととがめは言ったが、一応のけじめだと、七花が譲らなかったのだ。

「あいつはどうして、宇練に負けたと思う？」

「どうしてとは――変な問いだな。そんなこと、わかりきっておるではないか。恐らくはあの零閃の餌食《えじき》となったのだろう。それ以外には考えられない切り口だった」

「そう。ならば、どうして白鷺は、むざむざと零閃の餌食となったのか――おかしいとは思わないか？　この前の蝙蝠は言っていたぜ、忍者ってのは卑怯《ひきょう》卑劣《ひれつ》が売りだって――そんな忍者が、なぜか宇練に対しては、まともに戦いを挑んだってことになる」

「…………」

確かに、ととがめは頷く。

「おかしな話――ではあるな。そんな古い死体ではなかった。宇練と白鷺がやり合ったのはそれほど前ではあるまい――しかし宇練の側は、見る限り、負傷していたという風はなかった……真庭忍軍十二頭領ともあろう者が、一矢報《むく》いることなくただ斬り殺されるなど……」

「蝙蝠は接待好きを標榜《ひょうぼう》していたが、あんなしのびは珍しいってことだったよな」

「ああ……しかし、これはどういうことだ？　そなたには何か考えがあるのか？」

「考えってほど立派なもんじゃねえが――たぶん、白鷺は、まともに勝負せざるを得なかったんだと、思う」

「せざるを――得なかった」

「そもそも、おれはあのとき、おかしいと思ったんだよ。ほら、宇練の部屋に行く前に、血で汚れたたたみを見かけたろう？　周囲のたたみと色合い、傷み方が違うから、血で汚れたこの一枚のたたみだけを、取り替えたんだろうって、そんな話をしたよな」

「そうだったな。その何がおかしい？　そなたの読み通りに、さほど離れていない場所に、実際、宇練はおったではないか」

「旅路の途中で見た城に較べりゃ、そんな大きい方ではないとは言ってもよ、この下酷城は曲がりなりにも城だぜ——そしてそれを、今あいつは、一人で使ってる。部屋なんかいくらでもあって、使い放題だ。だから、血で汚れた部屋がいやなら、部屋を替わればいいじゃないか。わざわざ手間をかけて、たたみを取り替えるようなことをしなくってても」

「……ふむ。確かに、そういう考え方もあるが——そういう考え方もできなくはないが。しかしそれは、人それぞれと言うか、好き好きと言うか……、単純に、宇練があの部屋を気に入っているのだと、そう考えるべきではないか？」

「その通りだと思う」

七花は言った。

「じゃあ、どうして気に入っているのか——だ」

「…………」

特に豪華な、暮らしやすい部屋というわけではない――むしろ狭く、奥まっていて、生活するのに不便なところばかりが目につく。それなのにどうして宇練は、あの部屋を居室にしているのか――

「それはたぶん、狭くて奥まっているからだ」

「それが本人にとって都合がいい――ということか？」

「敵を迎撃する上で、都合がいいんだよ。構造的に見れば明らかなんだ。入り口は隣の部屋から通じるあの襖しかなくて、他にはどの間にも繋《つな》がっていない。窓もない――襖を格子《こうし》に替えれば、そのまま座敷牢《ざしきろう》として使えそうな具合じゃないか。ゆえに――宇練にまみえようとすれば、襖を開けて、正面からあの部屋に這入るしかないんだ」

「正面から――いや、そうか。それは前面から、という意味だな？」

「そういうことだ。居合い抜きの、この、薙ぐ軌道は――前方に強いが後方には弱い。まあ、そんなの、縦の軌道でも突きの軌道でも、似たり寄ったりではあるが――しかし、あの狭い部屋では、後ろに回り込むことができないんだ。左右、どちらから回り込むにしたって、薙ぐ軌道の刀が、邪魔になってしまって」

「確かに」

まともに勝負せざるを得なかった――だ。

真庭忍軍頭領をして。

卑怯も卑劣も——許さなかった。

「あの場から立ち去る我らを追って来なかったのは——あくまでもその作戦が使えるのは、あの狭い部屋だけだから、というわけか。そうだな——でなければ、我らを見逃す理由がない。既に刀は、交わされたのだから」

「地の利ってのが、戦闘においては大切なんだろう？　おれと蝙蝠とがやりあったとき、不承島というあの場所は、おれの領域だった。しかしあの部屋は——完全に、宇練銀閣の領域だ」

部屋の面積全てが、零閃の射程範囲内。

そしてあちらは最速——だ。

「ではやはり——対策はないということになるのではないか。そなたらしくもない、回りくどい物言いではあったが——」

「だから早とちりするなって。おれだって、ない知恵絞っていろいろ考えてるんだからさ」

そうなのだ。

鑢七花は今、考えている。

面倒だという実質的な口癖を封じられたから——ではない。口に出していないというだけで、心中では何度も、面倒だ面倒だと思っている。こうしてとがめと話している時間さえも、本当は面倒で仕方がない。今すぐ下酷城にとって返して、宇練と勝負にもつれ込みたいという心は、揺るぎ無くあるのだ。

が、それでも彼は我慢している。

とがめのために——彼は絶対に、負けてはならないのだから。

彼女の刀として、敗北は許されない。

是が非であっても——斬刀は蒐集せねばならないのだ。

父親から教えられたこと、姉から教えられたこと、それに、ここまでの道中でとがめから教えられたことを全て使って——だから七花は、自分なりの戦略を練っているのだった。

考えもせず——考えなかった彼は今、考えている。

「まず、最初に考えたのは、あいつをあの部屋から引きずり出すことだ」

「なるほど。確かに、隣の間に移るだけでも、戦い方は相当に変わってくるだろうな——攻める側も守る側も、ほとんど動けないあの部屋とは、格段に自由度が違う。しかし、それは無理であろう。我らが立ち去るのも、黙って見逃すほどの徹底ぶりだ。根が生えているかのごとく、宇練はあそこから動く気はあるまいよ」

とがめは言う。

「それとも、そなた、あの男をあの間からおびき出す方法でも思いついたのか？」

「うーん、あれは言うなれば籠城《ろうじょう》しているようなもんだと思うんだよな。城の中で籠城っていうのも、変な話だけど。持久戦に持ち込めば、宇練だっていつかはあの部屋からも出ざるを得ないはずだろうが――」

「城に火をつけて炙《あぶ》り出す、というような考えも駄目だぞ。斬刀が失われる可能性がある。第一の目的を見失うな」

「だよな。飛び道具もないし、あったとしても、零閃にはなまなかな飛び道具じゃ通じないだろうし。その上、そういうのが駄目だって言うなら、おれには精々、ひとつくらいしか、思いつかない」

「ほう?」

　逆に言えば、ひとつはある、ということだ。

　それが意外だったのか、とがめは興味深そうな反応を示す。

「よいではないか。言ってみろ」

「言っていいのか?」

「何をためらう理由がある」

「うん。まずはとがめがあの部屋に這入る」

「ふむふむ。わたしが這入る、と」

「そして零閃の餌食となって真っ二つになる」

「ほっほう。なるほどなるほど。わたしが斬られて真っ二つになると。それはとても面白そうだなあ、七花、早く続きを聞かせるがいい」

「血のついたたたみを嫌がる宇練が、人間の死体を嫌がらないわけがない。真庭白鷺の例を見ればわかるように、城外へと捨てに出るはずなんだ。そのとき、あいつは、あの部屋どころか、城の外にまで出てこなければならない。隠れる場所も潜む場所もない、この砂漠の真っ只中にな」

「そしてそして？」

「そこをおれが討つんだよ」

「ちぇりお！」

互いに座っているので立っているときほどの身長差がない、とがめの雪駄での一撃は七花の顎へと綺麗に決まった。威力はそれほどではないが、体勢を崩されてしまう七花——結果、七花の上半身に巻きつく白髪が引っ張られ、とがめも痛い思いをした。この時代にあまり相応しくないたとえで言えば、自分の靴紐《くつひも》を自分で踏んでこけた人みたいな感じだった。

「……わ、わたしが真っ二つになってしまっておるだろうが！」

頭皮の痛みをこらえて突っ込みを入れるとがめ。

なかなか立派な心がけである。

「『刀を守れ』、そして『わたしを守れ』と言ったろう！　どこの世界に守るべき雇い主を囮《おとり》として使う傭兵《ようへい》がおる！」

「んー、だからこの案は使えないかなあと思っている」

「当然だ！　本来検討さえしては駄目な案だわ！」

「だから、あの部屋から宇練をおびき出すってのは、無理だと諦める。それでもなお——対策はあるんだよ、とがめ」

「…………」

その対策とやらではわたしは真っ二つにはならんのだろうなと、警戒心満々の眼で七花を睨むとがめだったが、そんなとがめの視線を軽くいなすように、七花は、

「まいといもいにい勝い負いせいざいるいをい得いないいい相い手いないらい——まいといもいにい勝い負いをいすいれいばいいい」

と言った。

真剣極まりない口調——ではあった。

しかし。

「……七花。それが結論だったら、わたしは怒るぞ」

「いや、あんた、最初からずっと怒ってるよ？」

「茶化すな！　どの道まともに勝負せざるを得ないのならば、あそこで退く必要など——」

「おれの読みが正しいのかどうか、あんたに確認したかったってのが、ひとつだよ。蝙蝠のときはなし崩しだったことを考えれば、これがおれにとって、最初の戦いだ。けれど――あくまでも最初の戦いでしかない。次に繋がる戦いをするためには、学習しながら戦わなくちゃならないんだ――今日だけじゃなく明日も勝つためには、ただ勝つんじゃ駄目だと思う。蝙蝠のときみたいに、幸運に恵まれて勝つんじゃ――駄目なんだ」

「う……」

説教をしようというくらいに意気込んでいたところに、思いの外真面目な返答が戻ってきたので、とがめは虚を突かれたようだった。

「……ひとつ、と言ったな。宇練が追ってくるかどうかを確かめたかったというのを除くとしても、ならばもうひとつ、退いた理由があるのか？」

「もうひとつは、もっと現実的な話でさ、あんたの位置がよくなかった。不承島では、おれが戦闘に熱中している間に、あんたが蝙蝠に拉致《らち》られちまったろ？　あの二の舞になっちゃまずいと思ったんで――仕切り直したんだ」

「あ」

七花の『百合』によって引き戻され、そのまましりもちをついた姿勢だったとがめである。腰が抜けていたわけではないが、その衝撃を引きずって、ひとりでは立ち上がれないような有様だった——

「『刀を守れ』——そして『あんたを守れ』だろ」

「……それがわかっているのなら、わたしが真っ二つになるような案を、そもそも思いつきすらするでない」

言葉だけ見れば至極《しごく》真っ当な突っ込みではあったが、それがなんだか照れ隠しのような口調になってしまったのは、偶然とは言えないだろう。それに気付いているのか気付いていないのか、特にどうということもなさそうな口調で、

「というわけで、あんたはおれの後ろにいてくれ」

と、七花は続けた。

「さっきおれがあんたの後ろにいたように——今度はあんたがおれの後ろにいてくれ。選手交代で、攻守交替だ。そこにいてくれれば、おれはあんたを守れるし——それにそれは、保険にもなる」

「保険？」

「いざってときの保険だよ。まともに勝負して、それでも決着がつかなかったとき——あんたがおれの後ろにいてくれることは、きっといいように作用するはずだ。それは、あいつが設定しているあいつの領域を、あるいは打ち崩すほどにな——」

「わかっているとは思うけれど、七花、念のためにあえて言っておくが……わたしにそなたの背中を守れるような才覚はないぞ？」

怪訝そうにそう問うとがめ。

そんなんじゃねえよ、と七花は笑った。

「なんて言うか、この場でうまく言うことはできないんだけどな……、あんたには、そうして、欲しいんだよ。あんたの安全だけを考えるなら、あんたにここに残ってもらって、おれだけがひとりで城の中、宇練のところまで戻るってのがいいんだろうが——そこを無理して、危険を覚悟で、無理を承知で、一緒に来てくれ——って、おれはお願いしてるんだよ」

「…………」

「要するに」

そして言う。

「守るものがある奴は強い——ってことだ」

■　■

真庭蝙蝠に絶刀『鉋』を最初に蒐集させたように、錆白兵に薄刀『針』を最初に蒐集させたように、奇策士とがめが、鑢七花にまず、斬刀『鈍』を蒐集させようとした理由は、地理的条件の問題と、それに、虚刀流にとっては切れ味のいい刀などその辺りのなまくらと何ら変わりがないから——ということであったが、そういったあれこれとは別の視点から観測しても、鑢七花の実質的な最初の戦闘相手に宇練銀閣を選んだ彼女の判断は、正しかったと言うことができるだろう。

なぜなら。

宇練銀閣は、剣士でありながら、そして四季崎記紀の変体刀をこれだけ長期間所有していながらも——その刀の毒が、比較的、体内に回っていない稀有《けう》な男だったからである。

四季崎記紀の刀の毒。

剣士を狂気に導く、究極の毒。

その狂気の表れとして最たるものが、旧将軍の発した刀狩令であることは、今となっては議論を待つまでもないが——たとえばそう、この時代の日本における最強の剣士と謳《うた》われる錆白兵もその毒にあてられてとがめ、ひいては尾張幕府を裏切ることになったし——剣士にあらざるしのびの真庭蝙蝠も、その毒から全くの無関係ではいられなかったのは、既にこの物語の第一巻に記した通りである。

しかし、宇練銀閣は違った。

もちろん毒自体は確実に彼の身体を蝕《むしば》み、有効に作用しているが――彼の性格は、父親から斬刀を受け継ぐ前と受け継いだあととで、それほど明確な変化があるわけではない。一例に、四季崎記紀の刀を持てば人を斬ってみたくなる――と言うが、宇練の場合、斬刀を持つ前からそれは同じくらいに思っていたし、また当たり前のように実行していたことなので、その影響が現れているとも言えない。変体刀を持つ以前と持った以後とに、ほとんど違いがない――これは、彼ほどの腕前の剣士ならば、考えられないことである。それくらい、四季崎記紀の変体刀の毒は――強烈なのだ。

戦国を支配した刀――である。

それこそ、その戦国を生きた、宇練にとって十代前の先祖にあたる宇練金閣は、刀の毒が、全身隈《くま》なく隙間なく回ってしまっていたのだろう――そうでなければ、鳥取藩、それに天下統一を成し遂げた旧将軍を敵に回してまで、刀を手放すまいなどと、だいそれたことを考えるわけがない。一万人斬りなどという伝説は、さすがに末孫《ばっそん》たる宇練銀閣からしてみても眉唾《まゆつば》ものだが、しかし宇練金閣だけではない、そのあとに続く、斬刀を受け継ぐ宇練一族は、宇練銀閣の父親に至るまで――全員が全員、疑いようもなく狂っていた。

斬刀『鈍』に、狂っていた。

仕方がないと言えば仕方のないことではある――宇練家が使う剣術、いわゆる居合い抜きの零閃に、斬刀はあつらえたように、相性がよかった。まるで、運命に結び付けられているが如く、だ。

刀は斬る相手を選ばない。

しかし——刀は持ち主を選ぶ。

ならば宇練家は、斬刀に選ばれたのだ。

狂うべき資格を備えた、一族として。

「…………」

むろん。

今の宇練家当主、宇練銀閣自身には、自分が狂っているという自覚も、狂っていないという自覚も、どちらも等しく、同じくらいにない——しょせん、刀の毒の回り具合など、本人に判別できるわけもないのである。

ただ、それでも。

狂気とは全く別の意思から——宇練はこの斬刀を、守ろうとしていた。

奇《く》しくも七花が、城の外でとがめに対して言った言葉である——守るものがある奴は強い。

宇練にとって守るべきものとは、斬刀『鈍』と——そしてこの下酷城であった。

——五年前。

それまでは観光名所として、地元を賑《にぎ》わせていた因幡砂漠が、突如、鳥取藩民に牙《きば》を剝《む》いた。

それはまるで生物のように、目に見えるほどの速度で成長し——藩の全てを呑み込んだ。

家も、畑も、山も、川も。

生活も暮らしも何もかも。

全ては砂の下へと沈み落ちてしまい——何も残らなかった。

いや、唯一、もともと砂漠に建てられていた、この下酷城だけは残ったが——しかしそこに人が残らなかったのでは、どちらにしても同じことである。

そうだ。

誰もがこぞって——この砂漠から、逃げ出したのだ。

みな、故郷を捨てた。

伯耆《ほうき》、美作《みまさか》、播磨《はりま》、但馬《たじま》、どこへとなく。

とにかく一目散に、雲を霞《かすみ》と、蜘蛛《くも》の子散らすように、誰もが因幡から離れていった。町の中でも鼻摘み者だった宇練にも、親しい友人がいなかったわけではない——しかしそういった数少ない連中も、例外ではなかった。

だから。

砂漠の成長が終焉《しゅうえん》を迎える頃——それでも因幡に残っていたのは、下酷城と、宇練銀閣ただ一人だった。

残っていたと言うより、残らざるを得なかったと言うべきかもしれない。いや、恐らく自分は、因幡を立ち去る時機を決定的に逃してしまったのだろう――と、宇練は自己分析する。

自分が最後のひとりでなかったら――たとえば、最後から二番目のひとりでもあったなら、迷いながらも、躊躇は残しながらも、後ろ髪を引かれながらであっても、最後には因幡を去れたかもしれない。

しかし最後のひとりとなった今、もう無理だ。

迷うことさえ、宇練には許されない。

……刀狩令の折、藩の全て、いやさ国全体を敵に回してまで、斬刀『鈍』を守り――そしてその上で、因幡から動かなかった、宇練金閣。宇練金閣は因幡という土地が好きだったから――と、そんな風に伝えられるが、実際、抜き差しならない状況において、この下酷城に住みついて長くなる宇練銀閣には、末孫として、先祖の心持ちが、そんな生ぬるく、生易しいものでなかったことが、わかった。

たぶん――それは偏執だ。

そして――それは妄執だ。

ひょっとすれば、それは気位かもしれない。

宇練金閣にとって、斬刀『鈍』を守ることと、因幡に居続けることは、等号だったのだろう

――そしてそれは、代々刀の毒にあてられていた宇練家の端々に至るまで、そうだったのだろうと思う。

しかし、自分だけは違う。宇練金閣の気持ちは理解できるが、それがわかるのは、自分が宇練家の人間として、異質だからだ。異質だからこそ、本質を見抜くことができただけだ。因幡から立ち去る機会を逃してしまったように――自分はおそらく、狂う機会も逸《いっ》してしまったのだろう。

自分だけが違う。

それでも――守るべきものは、同じだった。

――おれには。

宇練は静かに思う。

――おれには、守るものが必要なんだ。

そうでなければ――自分は戦えなくなる。

そう思った。

――奇策士――とか言った。

細かいところまでは忘れてしまったが、宇練が先ほど斬りつけた（脅《おど》しでもはったりでも何でもなく、真っ二つにするつもりだった）あの白髪の女――とがめは、幕府所属の人間らしい。

それが嘘だと思ったから斬りつけたのではない――本当だろうと確信したからこそ、斬りつけたのだ。

――これでおれも、ご先祖さまと同じってわけだ。

違っても。

守るべきものは――同じ。

――刀狩の、再来か。

そんなところだろう。

しかし、『忍者の偽物』こと真庭白鷺のこともそうだが、宇練が下酷城に居を構えて以来――たったひとりの因幡人となって以来はご無沙汰《ぶさた》だったが、ああいった手合いが宇練のもとを訪ねてくるのが、それほど珍しいというわけではなかった。それこそ強盗のような連中から、真っ当な商人に至るまで――

至るまで、全て、例外なく彼は叩き斬った。

下酷城に住んでからは、斬る相手は、主に退城を勧告《かんこく》する近隣諸国の遣いの者になったが、それだって宇練にとっては、守るべきものを守っていることには違いがなかった。

――しかし、久し振りだったな。

変体刀のほうを求めてくる人間は――久し振りだった。忍者にしろ、幕府の人間にしろ――

――どの道、この領域に、三歩目を踏み込めはせんが。

背中を見せず、面積を限ったこの居室においては、宇練の居合い抜きは絶対の攻撃力と同時に絶対の防御力を誇る――まさしく籠城だった。たとえ何人で来られようとも関係がない、何人で来ようとも、敷居をまたげるのは一度に二人までが限度だ――

――一万人斬り。

あるいはこの場所、この領域においてならば――それも可能かもしれないと、宇練は密かに思うのだった。

――しかし、さて。

問題は――その領域について、あののっぽの男は、どうやら気付いたらしいということにある。無用心に領域に踏み込んできた奇策士を、足を使って引き戻した――あのときにはもう気付いていたのだろうか？　どうもあいつは、取り替えたたたみに、視線を落としていたようだったが――

――たまたまか。

いずれにせよ、仕切り直しだと言って、一旦この一画を離れたことといい――恐らくは城の外まで出たのではないだろうか――、その気付きは、今や、確信と変わっていることだろう。

暢気《のんき》そうに見える男ではあったが、離れる二人を追わなかった――否、追えなかった宇練から、何も感じ取らないほどの、ぼんくらではあるまい。たとえそれがたまたまで、男のほうが気付いてなくとも、あのとき追わなかった不自然さから、白髪の女のほうが気付くはずだ。忍者、真庭白鷺のときは、気付く前に一刀に斬り伏せることができたのだが——

——気付かれたからと言って——それだけならば、どうということもない。

問題ではあるが、所詮《しょせん》は些細《ささい》な問題だ。

むしろ、領域に気付かれたことよりも——宇練としては、その気付きの結果、秘剣の零閃をかわされたことのほうが、気にかかっているのだった。たとえ気付きのほうがあとだったとしても、それでも零閃をかわされたことには違いがない。

——確か……なんと言ったっけ。

そう、虚刀流。

虚刀流の——鑢七花（あとでちゃんと言い直した）。

——鑢一根という名前ならば、聞いたことがある——それに、鑢六枝という名前も。

戦国時代に活躍した剣士と大乱の英雄である。詳しいところまでは知らないが、虚刀流とは、刀を用いずに戦う剣術——だそうだ。それは剣法ではなく拳法ではないのかと、初めて聞いたときは思ったが、どうやらそこには目に明らかな差異があるらしい。しかし、虚刀流を実際に見たことがあるという人間には会ったことがなかったので、宇練にとって、やはりその詳細は長らく不明だったが——

――まさか本人のご登場とは。

七代目――と言っていた。

七花という名前からすれば、おそらくは鑢六枝の子供なのだろう。図体こそ大きかったが、まだずいぶんと若かったようだが……。

――確かに無刀だった。

零閃からとがめを庇《かば》う際に見せた、あの足技――あれが虚刀流の片鱗《へんりん》なのだとすれば――あの動きは、今思い出してみるに、居合い抜きに近い……とすれば、剣術を雛形《ひながた》にした拳法……と、考えるべきだろうか？

普通に考えて、剣士が剣を捨てることに利点はない――それでもなお、剣を捨てた剣士がいるとなると、そこには何らかの理由があったはずだ。その理由を主軸に据えた流派が、虚刀流ということになる。

――まあいい。

考えても詮《せん》なきことだ。

虚刀流がどんな剣法であれ、そんなことは、究極的には宇練には一切合財関係がないのだ――虚刀流に限らず、立ち合う相手の流派も技量も、宇練が考慮する必要などないのである。

なぜなら。

領域に這入ったら斬る――

零閃の定義は、ほんのそれだけの、単純明快なものなのだから。

「――――ん」

からり、という音と。

差し込んできた光で――宇練は襖が開いたのを、知覚した。

これまでのこと、それからこれからのことについて、いろいろと思案を巡らしていたつもりであったが――今ようやく自覚した、どうやら、いつの間にか、自分は眠ってしまっていたらしい。むろん、宇練が眠っているときに『来客』があった際、すぐに目覚めることができるように、襖の立て付けはわざと悪くしてあるのだが――（それもこの領域の主たる特徴のひとつである）――こうして簡単に目を覚ましてしまう、自分の寝つきの悪さは、悩みと言えば深刻な悩みであった。

いつの間にか閉じていた瞼《まぶた》を、ゆっくりと開ける。

敷居の向こう側にいたのは、鑢七花だった。

「…………よお」

とがめの姿が見えないことに、一瞬、あの（戦闘能力のなさそうな）女だけ城の外に置いてきたのかと思ったが、しかしそうではなかった。七花のでかい図体に隠されて、その矮軀《わいく》が見えなかっただけだ——彼女は七花の真後ろにいた。七花の足の隙間から、派手な着物が見えている。

——隠れてる——いや。

守っているのか？

まさか、勝負を仕切り直したのは、彼女に及ぶかもしれない危険を感じたからなのか——確かに宇練は、まず彼女を、零閃の的にしたけれど——しかしそれならば、最初に宇練が感じたよう、女だけ城外に残してくればよかったものを。

背水の陣——ならぬ、背女の陣ということか？　一歩も下がらぬ、一歩も退かぬという、自らを追い込む不退転の決意——だとしても、わざわざそんなことをする理由がわからない——そこまでする理由がわからない。そんなことをせずとも——

——いや。

そもそも、常に斬刀を腰に差している自分がどうこう言うようなことでは、ないのか。守るべきものは、常に手元に置いておきたい——もしも単純に、七花がそう考えているのなら、宇練にはその気持ちはわかる。

わかるだけだが。

「待たせたな」

七花は言った。

これから戦闘を行おうという者にあるまじき、明るく、気楽な感じの表情だった。今まで宇練は、色んな人間と立ち合ってきたが——真剣勝負に際してこんな表情で臨《のぞ》む者は、向こう見ずか、怖いもの知らずか、あるいは恐るべき強敵のいずれかである。

——そのいずれもということもある。

「ああ——それで？」

宇練は応じる。

まだ少し眠い。

構わない、多少の眠気で、切れ味が鈍るような零閃ではないし——切れ味が鈍るような斬刀でもない。

「おにいちゃん、おれの零閃対策でも、考えてきたのかい？」

「んー。微妙なところだな」

宇練の挑発的な言葉に、しかし七花は、むしろ暢気な風に答えた。

「十中八九成功するとは思うんだが、しかし、実際に居合い抜きの使い手を相手に、この技を使うのは初めてだからな——ぶっつけ本番ってことになっちまう。そこが不安と言えば不安だ」

「なんだ。虚刀流には居合い抜き対策でもあるってのかい？」

「居合い抜きにはこう戦えっていうだけで、大々的に包括的な居合い抜き対策ってわけじゃないけれどな——まあ、相手があんたほどの手合いなら、たぶん成功すると思う」

暢気そうな物言いであるがゆえに——

逆に不敵過ぎる物言いでもあった。

「この技は、相手の剣が速ければ速いほど——成功率が跳ね上がるからよ」

「………………」

速ければ——速いほど。

そんな言葉を聞きながら、宇練は、七花の格好が先ほどここに来たときとわずかに変わっていることに、目敏《めざと》く気がついていた。上半身裸なのはそのままだが——手っ甲と脚絆を外し、それに草鞋を脱いでいる。砂にまみれたこの城内は、土足で這入られても文句の言えない造りではある——（実際、宇練もこの領域から外に出るときは、草鞋を履く）——なのに。

——鞘を外したか。

虚刀流が刀を持たず、手刀と足刀で戦う剣士だというのであれば、手っ甲や脚絆は、鞘になぞらえるのが至極真っ当であろう。つまり、今七花は、宇練銀閣に対し、抜き身で挑んできているということ——らしい。

「ところでさ、宇練さん、一個お願いがあんだけど、いいかな？」

七花は言った。

「いっぺん、その斬刀――斬刀『鈍』、鞘から抜いて、その刀身を見せてくれないか？　居合い抜き、つーか零閃のときは剣速が速過ぎて見えやしねえんだよ。刀を用いない虚刀流の当主がこんなことを言うと問題があるのかもしれないが、しかし、何でも斬れるというその刀の造りに、興味がないと言ったら嘘になるんだよな――これが」

「……ふん」

一旦抜刀し、その刀身を晒せば、零閃を放とうと刀を鞘に戻すまでの時間差が生じる――そこを突こうという姑息《こそく》な算段か？　零閃対策と言うにしては、作戦とも言えないような不完全なそれだが……いや、七花の言い振りを見る限りにおいては、作戦うんぬんではなく、ただ単に、本当に斬刀の刀身を見たいだけとも取れる……手っ甲脚絆を外し草鞋を脱いで、自分も抜き身を晒しているのだから、同じようにそちらも見せてくれと、言っているだけのような……。

まあ、どちらでもいい。

どちらにしたところで、回答は決まっている。

「駄目だな」

「えー」

「宇練流の居合い術は――敵に刀身を見せぬところが、その本質なんでな……悪いが……いや、別に悪くはないか……見たきゃ、零閃を破り、おれを倒して、この刀を奪って、自分のものにしてから、とっくりと見ればいい」

「けちだな」

最初から断られて当然のお願いごとではあったが、それに真剣に気分を害したように、頬を膨らませる七花であった——しかし。

「なら——まあ、そうさせてもらうか」

前置きの会話は、ここまでだった。

鑢七花が——ゆっくりと構える。

「虚刀流七の構え——『杜若《かきつばた》』」

足を平行に前後へと配置し、膝を落とし、腰を曲げ、上半身を軽く前傾させる——両手は貫手の形で、肘を直角の角度に、これも平行に前後へと配する。体重は前方にかけられているようで、若干、前のめりの体勢である。顔は正面に向け——座する宇練銀閣を、見据えていた。

今にも駆け出しそうな、動の構え。

——ふうむ。

思わせぶりなことをのたまっていた割に——虚刀流、えらく正攻法な攻めでくるつもりらしい。

隣の間からこの部屋に、全力全速で駆け込んできて、一気に勝負を決しようという腹か——速ければ速いほど成功率が跳ね上がるというあの言葉は、どうやらただの揺さぶり、あるいははったりだったらしい——実際には、こちらが刀を抜く前に、手刀だか足刀だかを、こちらの身体に打ち込む狙いのようだ——だがしかし。

それではこの領域は破れない。

まともに勝負せざるを得ないと見、そんな力技の、いちかばちかのごり押しに踏み切ったのだろうが、抜刀と納刀を同時に行なう零閃を、それは軽く見ていると言わざるを得ない。

——期待していたわけではないが——がっかりだな。

「虚刀流——相手にとって、満足なしか」

「ふっ……あんたほどの使い手にそこまで言ってもらえると光栄……ん？　満足なしって、あれ、ひょっとしてばかにされてる？」

この期《ご》に及んで、とぼけたことを言う七花を、宇練は黙殺する。

いずれにせよ。

七花が敷居をまたいだ瞬間が、勝負の決する瞬間だ。この狭い部屋の中、薙ぐ軌道の居合い抜きは、誰であろうとかわすことができない——受けたところで、それは斬刀の餌食！

これぞ宇練銀閣の、絶対領域——！

「まあいいや。それじゃあ、まあ——位置について——」

七花が——

更にぐっと、姿勢を低くして――

「――用意、どん！」

真正面から、突撃した。

後ろ足から踏み切り、その勢いを前足に乗せて――一息に、敷居を跨いで――まず一歩。

そして続いて、二歩目――三歩目は。

三歩目は、ない！

「零閃！」

宇練の右手が、刀の柄を握る。握った刹那には、既に全ては終わっている――『しゃりん！』というあの音が、鍔鳴り音が、狭い室内に、高らかに響いた――

が。

「――…………!?」

気付くのが遅かったのには理由がある。斬刀『鈍』は、あまりに鋭いその切れ味のため――森羅万象有象無象、何を斬るにしても、とにかく『手応え』というものが薄い。否、手応えなどというものは全くないと言ってしまってすら、まるで大袈裟にならないのである。何に対しても、まるで豆腐を斬るがごとく――だ。空気すら斬れる刀――ゆえに、全てが等価なのだ。ましてこの場合、斬刀『鈍』の使い手は宇練銀閣であり、使った技が秘伝の居合い抜き、零閃なのである——だから、このとき、宇練の刃が、鑢七花を両断していなかったことに気付くのが、ほんの一瞬遅れたところで——それが必然である程度の理由は、十分にあったと言えるだろう。

そしてそのほんの一瞬が、命取りである。

「虚刀流——『薔薇《ばら》』！」

■　■

「やったかっ！」

と、背後からとがめの声が飛ぶ。

やった——と言うならば、この一合《いちごう》で七花がやったことは、それほど奇抜なことではない、むしろ、剣道の斬り合いにおいては、ごくごく普通に行なわれていることだった。ただ、その行為の錬度が通常のそれとは段違いであり、また度を外れていただけのことだ。

いわゆる陽動——牽制《けんせい》である。

虚刀流七の構え、『杜若』。

先月、不承島において真庭蝙蝠に対し披露した、虚刀流一の構え『鈴蘭《すずらん》』、二の構え『水仙《すいせん》』——あれらが静の構えであり、受けの構えであるのと対照的に——この七の構え『杜若』

は、動の構えであり、攻めの構えである。

それは武芸を知らぬ者であっても、一目瞭然だったろう——だから宇練が、七花は全力全速で、零閃に先んじて、自分に玉砕覚悟で突っ込んで来るつもりなのだと読んだのも、無理からぬことだった。

だが違う。

攻めの構えではあるが——決して『杜若』は、単純な突撃の構えではないのだ。

説明が込み入ってくるので、作戦会議の際にそれを細かくとがめに言いはしなかったものの、縦の軌道の剣に対し『前に避けろ』という教えがあるように、虚刀流には、横に薙ぐ軌道に対する教えもある。それは、『敵が薙ぐ前、または薙いだのちに攻めろ』である。受けるわけにも、また避けるわけにもいかない場面ならば、横の軌道に対しては、そう応じるしかない。何にしても、基本中の基本のような教えではあるが——

宇練は、薙ぐ前に攻めてくるのだと読んだ。

しかし、実際に七花が取ったのは、後者の教えだった——見えないほどの速度を持つ零閃に対しては、それはごくごく当たり前の戦略とも言えたが、七花はそれだけではなく、宇練に、薙ぐ前に攻めるつもりだと、思い込ませたのだった。

『杜若』による、陽動。

七花は、敷居をまたいで、宇練の領域に這入るに際して、一歩目と二歩目――より正確を期すならば静止状態の零歩目とで、その移動速度を変えたのだ。

零歩目から一歩目――すなわち後ろ足の踏み切りにおいては、宇練の読み通りに、全力全速だった。しかし一歩目から二歩目に至る、前足の踏み切りにおいて――七花は一気に減力減速したのである。

初速と終速において、本来ありえないほどの差をつけたのだ。加速してくると読んでいるときに、この減速の動きは全くの想定外である――ゆえに、相対的には、七花は倍の減速をしたことになるのだ。その効果は抜群だった――宇練銀閣ほどの使い手に、居合い抜きの時機を、見誤らせてしまうほどに。

三歩目どころか――七花はまだ、二歩目も出していなかったのである。

行くと見せかけ――行かなかった。

否、行くには行ったが――遅れて行った。

それが全て、一動作のうちのことである。

見誤り。

宇練にははっきりと、敷居をまたいで踏み込んできた、七花の姿が見えたろう――

そして居合い抜きの欠点は、一旦抜いてしまえば、途中で止めることができないというところにある――七花が、変幻自在の足運びの構え、『杜若』で見せたような、器用な加減速など、できるわけもない――加速し加速し、あくまで加速するだけだった。

宇練銀閣の絶対領域もまた、悪く作用した――敷居をまたいだらこれを斬るという意志を固めてしまえば、それはもう、反射神経で斬ると宣言しているのと同じようなものである。

『壁』。

ないはずの壁が、それならば、想定できなくもない――ばかばかしい話だ、それは斬る時機を、宇練自ら公表しているようなものなのだから。だからと言って、速さはどうあれ自分に向かって突撃してくる相手を、斬らないわけにもいかないし――

そして極めつきは、速過ぎる零閃である。

斬刀『鈍』が鞘に戻され、『しゃりん！』と鍔鳴り音を立てたのちに――遅れてやってきた七花の前蹴り、虚刀流『薔薇』が、宇練の左肩に向けられたのだった。

宇練は後方に吹っ飛んで――すぐ背後にあった壁に、強く背中をぶつけ、身体中の空気を吐き出すがごとき、呻《うめ》き声をあげた。

「…………くっ！」

しかし。

それでも、とがめからの「やったかっ」という問いに対し、七花は「やった」と、力強く返することはできなかった。どころか、苦々しげに舌打ちをし、即座に後ろに跳ねて――敷居を踏み踏み、とがめのいる側の間へと、戻って来――

咄嗟に、七の構えに戻る。

「し、七花……？」

「駄目だ、とりあえず当てるのがやっとだった……あいつ、自分から後ろに跳んで、かわしやがった――」

それは、あの状態からそんな器用なかわし方をした宇練を褒めるよりは、むしろ飛び込み技の『薔薇』を、寸前で引き技に切り替えてしまった、七花自身を責めるべきことだった。

戦略自体は成功していた――零閃は予定通りに、七花の胸の皮をかすめる軌道で、空振りしていた。しかし、そのあまりの剣圧に、わずかに、七花の心が揺らいでしまったのだ。

簡単に言えば、

「……びびっちゃった」

――ということである。

速ければ速いほど成功率が跳ね上がる――の言葉通り、もしも宇練の零閃が、もうあとほんのわずかにでも遅ければ、七花の身体は両断されていただろう――それを心の片隅で、七花は想像してしまったのだ。その想像の質量は、むしろ片隅であったがゆえに、心全体を揺らすのには十分であった。

だから、それこそ反射的に、七花は減速からの加速に、乗りそこなった――ゆえに、宇練に『薔薇』の回避を許してしまったのは、七花の失敗と言っていい。

実戦経験のない弱さ――である。

居合い抜きを相手にしての――とは言わないまでも、とがめはここまでの道中の間に、木刀ではない、真剣を使用しての稽古を、七花にさせておくべきだったのだろう。ここまで、実質的には蝙蝠との一戦、その際のほんの一合だけでしか、彼は刃物を知らなかったのだ。

七花は刃物は恐くない。

しかし、剣技に対する恐怖心。

刃物をもちいた剣技に対する恐怖心。

ここで生じてしまったそれは、虚刀流の規則の下、刃物にほとんど接せず育ってきた七花にとっては、間違いなくこれからの、最重要課題のひとつだった。

「七花――そなた！」

「動くな！　とがめ、おれの背中から、出るんじゃない――」

けれど、その課題はすぐにどうにかできるものではない――この場面では課題としてすら、浮上してこない。さしあたっては、決定打を与え損なってしまった、宇練銀閣のことである。

ふらりと——彼は、既に立ち上がっていた。

そう。

彼はここに来て——ようやく、座した姿勢から、立ち上がったのである。

「……びっくりした」

独り言のように、そう呟く。

「一回目はまぐれかと思ったが——二回続けば、もうまぐれじゃねえやな……すっかり眼が覚めちまったよ、虚刀流。こんな気分がいいのは、おぎゃあと生まれたとき以来だ——」

「……そいつはどうも」

おはようございます、と、七花は言った。

おはようございます、と、宇練も返す。

「そしておやすみなさい——かな」

左肩がだらりと下がった、奇妙な姿勢だ。どうやら先ほどの『薔薇』——全く効果がなかった、完全にかわされたというわけではないらしい。しかし、右手一本で刀を抜く、宇練の居合い抜きにとっては、左肩の怪我では大した問題にはならないだろう。むしろ、手負いにしてしまったことは、七花にとって不利な材料だった。

彼を本気にさせてしまったのだから。

「おれんとこの居合いは待ち専門の剣法だからよ——足運びってのはねえんだよ。しかしそれでも、さっきのが、とんでもねえ境地だってことくらいはわかるぜ——」

「境地？　そんなことはない。虚刀流じゃ、あくまでもただの基本だ。まあ、構えとしては、確かに七番目だが」

「そうかい、そいつは頭が下がる」

「あんま褒めるな。褒められるのは苦手だ」

「そう言うなよ、こっちは余裕ぶってたところで無様《ぶざま》を晒しちまってんだ、おまえを褒めるくらいでしか、誇りを保てねえんだっての。もうちょっと大人しく褒められてろ——足運びね。はかまが——邪魔っけだったな」

「だろうな」

動きやすいし——戦いやすい。

それは、そういう意味だった。

七の構えからの加速や減速に際して、足の動き、筋肉の動きは、とがめから買い与えられたはかまによって、覆い隠されていたのである——ゆえに、戦いやすい、だ。もしも七花がむき出しで生足《なまあし》を晒していたなら、宇練はその足の動きから、七花の企みを看破《かんぱ》していたかもしれない。そういった意味で、このはかまは、七花にとってこれ以上ない防具だった。

「しかし——同じ手が通じると思うなよ」

褒め言葉を終え、言ったそのとき。

宇練は、腰の刀に手を伸ばす——瞬間、反射的に七花は緊張するが、大丈夫、自分の身体は敷居からこちら側にある、宇練の領域にはまったく踏み込んではいない——

しゃりんしゃりんしゃりんしゃりんしゃりんしゃりん！

と。

連続で——鍔鳴り音がした。

輪唱のごとく、それは宇練の領域内に響き渡った。

「零閃編隊——五機」

宇練銀閣は五連続で——零閃を放ったのだった。

むろん——その刀の軌跡は、七花に見えていない。

五本の軌跡が——ほんの一線もだ。鍔鳴り音がうるさかったばかりで、七花の眼には、宇練がずっと、刀の柄を握り締めているだけのようにしか見えなかった——

起こりと止まりがそれぞれ五回ずつ、しかも連続に、終わっている——！

「これなら、おまえが多少、加速しようが減速しようが——関係あるまいよ。その程度の誤差など軽く呑み込んでしまう」

「う……」

その通りだった。

薙ぐ軌道の攻撃を、薙いだのちに攻める——しかしそれは、相手からの連撃がないことが前提条件である。二連や三連ならばまだしも、五連とは……いや、それが限界とも限らない——

宇練流の居合い術の本質が、敵に刀身を見せないことにある——などと言っても、考えてみれば、一撃必殺の居合い抜きを謳うならば、抜刀はともかくとして、『しゃりん！』などと、早々に納刀する必要などない——万が一に備えての残心《ざんしん》の姿勢だとしても、やり過ぎている。どこかで本能的にそう考えていたからこそ、七花は『薔薇』を、引き技に切り替えてしまったのだろう。

そうだ。

速過ぎる抜刀に続く速過ぎる納刀は、連撃のための伏線だったのだ——

「……それがあんたの、隠しだまってわけか」

「隠しだま？　これが？　いやいや、違うねえ」

宇練銀閣は、にやりと笑った。

にやりと笑った、その刹那《せつな》だった。

しゃりん、と、鍔鳴り音が、もう一度、した。と、同時に、七花の『薔薇』がかすめたあたりの宇練の左肩である——その部位の着物が裂け、そこから血が、勢いよく噴き出したのだった。

「……！　なっ！」

「斬刀『鈍』限定奥義——斬刀狩り」

苦痛に顔をゆがめていたが——しかし、宇練はにやりとした笑みを浮かべたままで、そこにはむしろ、余裕の風格すら漂わせていた。みるみるうちに、宇練の着物が、足元が、血に染まっていく——相当に太い動脈を斬ったとしか思えない、大量の出血だった。

「な……あ、あんた、自分で自分を斬ったのか……？　なんのために！」

居合い抜きの薙ぐ軌道では、どうやったって自分の身体は斬れまい——だから宇練は、抜刀を終えて、納刀の際の帰り道に素早く斬ったということだろうが——それさえも見えなかったのはさすがと褒めそやすべきなのかもしれないが——しかし。

ここで、どうして自分の身体を斬る必要がある——！

「わかんねえか？」

しかしだ、と宇練は、苦痛混じりの声で言う。

「しかしこれこそ、宇練金閣の、一万人斬りの秘密——だよ、虚刀流。見な」

ぽたり、ぽたりと。

斬刀『鈍』の鍔の辺りから、宇練銀閣の足元に広がった血だまりの中に、小さな波紋を作る水滴が落ちていた。

鍔の辺り——いや、鯉口《こいぐち》だ。

鞘の中から血が漏れている——血が溢れている。

明らかにそれは、宇練自身の血液だった。自分を斬った際に、（七花には見えなかった）刀身に付着した血液を——そのままふるい落とさずに、鞘に納めたということか。

ぽたり、ぽたり、と。

血の雫《しずく》は——垂れ続ける。

「……？　な、なんだよ。見てもわからねえよ」

「氷ってのは、がちがちに固まってるときより、ちらっと溶けてるときのほうが、滑りがいいだろう？」

宇練は言う。

「同じことだ。鞘内を血で濡《ぬ》らし、血を溜《た》め、じっとりと湿らせることによって——鞘走りの速度を上げる。刃と鞘との摩擦係数を格段に落として——零閃は光速へと達する。それが斬刀『鈍』限定奥義、斬刀狩りだ」

本来は敵の血でやることなんだけどな、と宇練は得意げに付け加える。肩口からの出血はとどまる様子を見せず——顔色はどんどん悪くなっていくが、そんなことにも構わない。

「斬れば斬るほど速くなる——ってわけだ」

零閃の最高速度。

そう言ってはいたが——その理屈ならば、零閃の速度に限界はないということになる。仮に宇練金閣の一万人斬りが真実だったとして——その一万人目を斬る際には、一体斬刀『鈍』は、どれほどの瞬間最高速度を記録したのだろう——！

「…………！」

速ければ速いほど成功率が跳ね上がる——と言われ、実際にその言葉通りの攻撃を加えられたにもかかわらず、しかし、懲りもせず厭《いと》いもせずに、自らの肉体を傷つけてまで、更に零閃の速度を跳ね上げようとする。

速く、速く、速く、速く、と、急かすように。

速さこそが誇りであるがごとく。

宇練銀閣の存在理由であるがごとく。

そこまでして守るものが——あるがごとく。

もちろん、冷静なことを言えば、鑢七花にはここで、まともに勝負をしない——という選択肢が生じていたし、七花自身も、すぐにそれに気付いていた。鞘内の摩擦係数を下げるほどの血液が必要となれば、それ相応の大きな傷が必要だ——宇練の肩口からの出血は、ただ見た目に派手なだけではないだろう……このまま治療せずに放っておけば、命にかかわる程度のものかもしれない。そうでなくとも、このまま、敷居をまたがず、宇練の領域内に這入らず……、一の構えでも二の構えでも構わない、とにかく静観を決め込んで、膠着《こうちゃく》状態に持ち込んでしまえば、鞘内の血液だって凝固してしまい、逆に抜刀の摩擦係数を上げる結果になるはずだ。いくら考えるのが苦手な七花だって、その程度のことは考えるまでもなくわかる。斬刀狩りは基本的に、一対多数のときにのみ――つまり、延々と限りなく血液を補給できる戦場においてのみ、使用すべき技なのだ。一対一で使うべき技ではない。今の宇練銀閣が相手ならば、七花はただ待っているだけで、戦闘が有利になるどころか、勝利を収めることすらも可能だ――

ただし。

たとえまともに勝負せざるを得ない状況ではなくなったと言っても、それでもここで待ちの構えを取るような、ここでまともに勝負をしないような教育を――鑢七花は受けていない。

虚刀流として。

一本の日本刀として。

宇練銀閣の、まさしく背水の陣に対し、七花は『杜若』――動にして攻めの、七の構えを崩さなかった。

「格好いいな、あんた」

「あん？」

「あんたを見てると——奥の手を隠していた自分が、恥ずかしいぜ」

七花は本当に照れくさそうに言う。

「出し惜しみはやめだ——虚刀流の全てを見せてやる」

「ああ？　なんだよ、おまえも手の内を隠してたってのか？」

「そういうわけじゃ——ねえんだけどな。ちょっとばかし、気が進まないってだけで——」

「ふうん——」

それを虚勢、揺さぶりやはったりだとは、宇練は言わなかった。

実際にそうは思わなかったというのもあるだろうが——零閃、そして斬刀狩りの前においては、それが本当であろうと嘘であろうと、ほとんど関係がないのだろう。つまり、宇練銀閣にはそれほどの自信があるということだった。

斬刀『鈍』と。

そして零閃に。

「……ああ、そうだ」

そこで、ふと——宇練は言った。

七花にではなく、その後ろにいる、とがめに向かって。

「ちょっと気になったんで、訊いときてーんだけどよ……、おねえちゃん。あんた、もしもこの斬刀をあんたに引き渡したら、おれの望みを叶えてくれるっつってたよな」

「…………？　ん、ああ――」

七花の背後で、とがめが答える。背後なので顔は見えないが、ここに来て突然何を言い出すのかと、戸惑っていることがありありの声だ。

「もちろん、幕府として、できる限りのことはさせてもらう――それに、その取引は、今このときにだって有効なものだ。もしもおぬしが望むのならば――」

「だったらさあ」

宇練は言った。

その声は全く――眠そうではない。

「斬刀を引き渡す代わりに――この因幡を元通りにしてもらうってのは、ありかい？」

「…………」

七花の身体を挟んでの会話。

交渉。

七花に背後のとがめの顔が見えないように、宇練にはとがめの姿が、とがめには宇練の姿が、七花の身体が壁になって、互いに見えてはいないだろう――だからこそ口をついた、それは、宇練の本音だったかもしれない。

そして、だからこそ、とがめもまた——ここで、嘘をつくことができなかったのだろう。

嘘がつけない——性格だった。

「それは無理だ」

きっぱりと、彼女は言った。

「既に鳥取藩は幕府にとっては存在しない藩になっておる。そうでなくとも、砂漠化した地帯を元通りにする方法など、仮説さえもない」

「……そっか」

宇練は大して落ち込んだ様子も見せず、むしろ清々《すがすが》しささえ感じさせる風に、頷いた。

「じゃ、まあ、あんたを斬りつけたおれの判断に間違いはなかったってことか——安心したぜ」

「あんたさあ」

七花は、そんな宇練に訊いた。

訊かずにはいられなかった。

「なんでこんなこと、やってんだ？」

「……さあねえ」

「さっきも言ってた、気位って奴か？」

「それも、さあねえ」

宇練はとぼけるように、肩を竦《すく》めた。

「あれは適当に言った言葉だよ。本気にすんな」

「…………」

「ただおれも、何かを守りたかっただけだよ——何かを守りたかっただけなのに、守るべきもんが、おれにはこれっくらいしかなかったんだ」

「そっか——」

守るべきもの。

七花にとって、それは、とがめだ。

彼女のことを、守ると決めた。

もしも虚刀流さえ——七花自身さえも、とがめの復讐の刃の対象になっているとしても——それでも彼女を守ると、決めたのだ。

だから戦う。

守るために戦う。

「じゃあ——行くぜ」

「ああ。零閃はいついつでも出撃可能だ。光速を超えた零閃を、見るがいい。そして、もしも本当にそんなものがあるのなら——おまえも、奥の手とやらを、見せてみろ」

「ああ、見せてやる。ただしその頃には——あんたは八つ裂きになっているだろうけどな」

今朝方《けさがた》決まったばかりの口癖が。

綺麗《きれい》に——はまった。

「位置について——ようい——」

変幻自在の足運び。

虚刀流七の構え——『杜若』。

限界まで、前傾の姿勢を取って——

「どんっ！」

溜めに溜めた力を爆発させるように、七花は一気に踏み切った。

ただし、後ろ足から——ではない。

前足を、後方に向けて踏み切ったのだ。

前傾させ、前に乗せていた体重をそのまま勢いよく後方へと引く——前方向へ突っ込んでいくと見せていたところに、それはあまりに意外な陽動だった。行くと見せかけて行かないのではなく、また行くのを遅らせるでもなく——逆に後ろに下がる。

この陽動は有効と言えば有効だった。

宇練は、反射的に、斬刀を抜いてしまっていた。

七花は敷居をまたいでもいないのに――だ。

しゃりん！　――と音がする。

しかし、それは一回ではない。

しゃりんしゃりんしゃりんしゃりんしゃりんしゃりんしゃりんしゃりんしゃりん――！

「零閃編隊――十機」

多少突撃の時機を遅らせようと関係ない、零閃の連撃――それも明らかに、一機一機が、あぐらをかいて座った姿勢で放っていたときのそれを、遥かに凌駕《りょうが》する速度だった。二回目の零閃の抜刀よりも、三回目の零閃の納刀のほうが速いかのように――加速に加速に加速に加速が重ねられる。

虚刀流の『薔薇』であろうと、何であろうと。

付け入る時間など。

付け込む隙間など。

ほんのわずかにも存在しない、絶対領域――

「――――っ！」

だが。

七花の次の行動は、更に宇練を驚かせた。この戦況において一旦、一歩後ろに下がるという陽動――誰だって、一瞬遅れで突撃してくるつもりだと読むだろう。しかし七花は、更にもう一歩、残してあった後ろ足をも、前足と同様に、むしろ更に速く、後方へと引いたのだった。変幻自在の足運びを旨《むね》とする七の構え、加速減速だけではなく、後ろ向きの移動さえも思いのままなのだった――しかし、だからと言って、この場面において、全速で後ろに下がってどうしようというのか。

たたみ一畳《いちじょう》分、これで下がってしまった。

そこまで下がってしまえば、今更どんな速度で前に向かって突撃したところで、十分に零閃で対応されてしまうではないか。陽動の意味も牽制の意味もまったくない。

大体――

今、七花の背後には、彼にとって守るべき対象である、とがめがいるのである。彼女を自分の背後に据えたのは、宇練銀閣に立ち向かうにあたって、背水の陣を敷くためではなかったのか――？　決して退かないという、不退転の決意の表れではなかったのか――？

違う。

そうではなかった。

「……？　ん？」

何度でも繰り返すが、奇策士とがめに、武芸の心得はない。と言うか、そもそもそれ以前の問題、ありていに言って、彼女の運動神経は途方もなく鈍い。

ゆえに——七花が後ろ向きのままに、自分に向かって突進してきたところで、それを避けようそれをかわそうという思いを、これっぽちも持つことがなかった。

「む？」

七花の足の裏が眼前に迫っても、まだ気付かない。

たぶん、現代のまんがだったら、『どげしい！』といった感じの派手な書き文字が、ここで入っただろう。奇策士とがめの顔面に——跳ね上がった鑢七花の後ろ飛び蹴りが、芸術的なほどに綺麗な角度で、炸裂した。

「ぎゃふんっ！」

とがめの、とても新しい、今風な悲鳴が響く。

それは宇練にとって、計算外というよりは予想外の光景ではあったが——しかし、後ろに跳んでとがめの顔面を蹴るという七花のその行為は、『杜若』の足運びのように、陽動でおこなった行為でない。そんなことで宇練を『びっくり』させるところに、七花の本意はなかった。

とがめを蹴った足を発条《ばね》のように折りたたんで——再び七花は、跳ねる。

そう。

それはとがめの身体を『壁』に使っての——三角飛びだった。

七花はそのまま、大きく敷居をまたぐ——しかしそれは、宇練銀閣の絶対領域には這入らないままに、だ。敷居をまたぐ——と言うより、それは鴨居をまたぐ——と、引っ繰り返して言うべきかもしれない。鴨居をすれすれに、肌に感じながら——斜めの角度で、宇練の居室に、侵入した。

全てが零閃の射程範囲内の、狭い部屋。

全てが零閃の射程範囲内の、狭い面積。

しかし——それはあくまでも、部屋を平面的に見たときの話であって、部屋を空間的に見たときの話ではない。

面積であって容積ではない。

部屋は狭くとも——天井は高いのだ。

上背のある七花でも、手を精一杯伸ばしてなお届かないほど——ゆえに、彼の刀の切っ先が届かない高さで這入れば、そこは宇練の絶対領域の、領域外なのである。

……七花が宇練に、斬刀の刀身を見せて欲しいと頼んだのは、念のためだったのだ。刀身の正確な長さを確認したかったのである。まあ、当然のように、宇練は見せてくれなかったから、斬刀の鞘の長さの目測から、たぶん大丈夫だろうと七花は判断したのだ——幸い、その読みは正しかった。

「う、うう――」

宇練は、斬刀の柄をつかむも――動けない。

鍔鳴り音は、まるでしない。

抜いていない――否、抜けないのだ。

既に鑢七花は――とがめを蹴った勢いを、むしろ無駄に回転を繰り返して殺しつつ、天井板、宇練銀閣の真上の部分に、着地していた。

「き、き――虚刀流！」

「真上の敵に、居合い抜きもねーだろ」

七花は言う。

宇練は、斬刀の柄をつかんだまま――どうすることもできない。

ただ――戦慄した表情で、真上を見上げるだけだ。

絶対領域が、ここで反転する。

この部屋には――逃げ場がない。

宇練銀閣は、虚刀流について、たとえ眠りながらであっても、もっと深く考えておくべきだったのだ。剣術を雛形にした拳法……程度のところで、思考を停めるべきではなかった。

考えればわかったことかもしれないのに。

剣士が刀を持たないことの利点。

それは何より、足技が豊富になるということだ――刀を持たないとなれば、両手の自由度が上がることがまず注目されそうだが、実は違う。『杜若』の足運びも、それに今見せた三角飛び、それに続く天井への着地も、根幹を同じくしている。

要するに。

刀を持たない分、身軽――なのだ。

七花のような図体の人間が身軽であり、その身体に似合わない機動力を有するという利点が、どれほど恐るべきことなのか、宇練はしっかりと考えておくべきだった――

「理解できたところで、決着だ――ちなみにこの技は、こんな風に足場がある場所でなら、威力は三割増しになるぜ――そこんとこよろしく！」

もっとも、これじゃ八つ裂きにはならねえけど。

七花は細かい訂正を付け加えてから、天井から床へ向けて、跳躍する。

そして――

宇練銀閣の真上から、足を斧刀《ふとう》に見立てた、全体重を乗せ加速させた前方三回転かかと落とし――！

「虚刀流七の奥義――『落花《らっか》狼藉《ろうぜき》』！」

鳥取名物因幡砂漠。

下酷城落城の、瞬間だった。

終章

■　■

翌日の夕刻。

鑢七花ととがめは、来た道を帰る形で因幡砂漠を脱し、一昨日泊まったのと同じ旅籠に、戻ってきていた。むろん、来た道と言うのはあくまで言葉のあやであり、砂漠に道はないのだが——そのまま西へ、伯耆へと抜けるのは、七花はともかくとがめの体力が持たないということで、一旦戻って、因幡砂漠を迂回する道程を取るというのは、最初からの予定通りである。

とは言え七花は、因幡の次の目的地を、まだ西としか知らない。

だから七花は、宿についてすぐ、入手した斬刀『鈍』を箱詰めにする作業に没頭し始めたとがめの背に、

「なあ、次はどこへ行くんだ？」

と、訊いた。

「…………………」

とがめは答えない。

今このときに限った話ではなく、七花に顔面を蹴られ、三角飛びの壁にされて以来、一両日、

とがめは七花に対し、一言も口を利いていなかった。気持ちはわかるが、奇策士とがめ、年下の男を相手に、見事なまでの大人げのなさである。

「おーい」

「…………………」

「なー、とがめー」

「…………」

「とがめー、無視すんなよー。あんた、なんで昨日からずっと黙ってんだ？　ひょっとしておれが蹴ったときに、どっか怪我でもしたのか？　心配だなあ。口ん中切って、喋れなくなったとか――」

「やかましいわっ！」

しかも相手が謝る前に折れた。

格好悪っ。

「人が怒っているというのに気安く話しかけ続けるな！　ちょっとは察して申し訳なさそうな態度を取れ！　無神経に振舞った挙句に何を的外れな気遣いをし始めておるのだ！　まったく、まさか壁として蹴飛ばすために後ろに立たされていたとは思わんかったわ！」

「ああ、それを怒ってたんだ」

「怒ってない！」

支離滅裂《しりめつれつ》だった。

七花は、仕方なかったんだよ、と釈明する。そのことについては、一応、悪いことをしたとは思っていたらしい——反省の色は皆無だが。

「『杜若』から『薔薇』への連携が通じてたら、それでよかったんだけどな——本当に、ただの保険のつもりだったんだ。三角飛びの角度と軌道でないと、あいつの領域を回避しながら、天井に張り付くことなんて真似、できなかったたし」

つまり——あの領域の穴に、宇練も全く気付いていなかったわけではないのだろう。平面ではなく、立体的に見たときに生じる、絶対領域の間隙《かんげき》に、気付いてはいたのだ。味方を踏み台にしての三角飛びまでは、さすがに想定外ではあったようだが——

「だったら最初からそう言わんか！　守るものがある奴は強いとかなんとか、変に思わせぶりなことを言いおって」

「すまん、あれは口から出任せだ」

「出任せとな！」

「そうがなるなよ、壁にはしたけど、盾にしたわけじゃないんだから。事前にあんたに作戦を織り込んでしまうと、いくらあんたの運動神経が鈍いと言ったって、反射的に避けちまうかもしれなかったからさ。おれも背中に眼があるわけじゃないから、あんたが確実に、おれの思った通りの位置にいてくれなかったら、『落花狼藉』は決まってなかったし」

「ふん。お陰でまたもわたしは、そなたの奥義とやらを見損ねたわ」

「『落花狼藉』は道場で何度か見せたじゃん」

「本番で、という意味だ」

まあいい、ととがめは言った。

怒鳴ったところで、幾分すっきりしたらしい。

大人げのない女だったが、その分、引きずらない女でもあった。

何はともあれ、目的の斬刀『鈍』が蒐集できたのだから、文句を言う筋でもないと思ったのかもしれない。

過程はどうあれ。

あくまでそれが、彼女の至上目的なのだから。

「しかし、『落花狼藉』にせよ、あの『杜若』の足運びにせよ——そなたの体術は、しのびのそれに近いものがあるな」

「ん？　そうなのか？　おれは忍者をよくは知らないから、わかんねえけど」

ああ、でも、そう言えば先月、あの蝙蝠って忍者も、よく跳躍してたなあ——と、七花は暢気そうに回想する。

「跳んだり跳ねたりは、剣士というよりは忍者の畑であろう——剣士というのは、基本的に地に足のついた生き物だからな。虚刀流開祖鑢一根どのは、ひょっとすると、忍術の動きを、流派に取り込んでおるのかもしれんぞ」

「ふむ」

頷く七花。

「だとすれば、剣士じゃないまにわにに対しても、虚刀流は無力ってわけじゃないってことになるな。真庭白鷺が抜けて——まにわにの残る頭領は、十人だっけ」

「ああ。しかし——今言うようなことではないかもしれぬが、一応言及しておくと、七花、あの『杜若』のことだが。加速減速を自由にできる、緩急をつけた変幻自在の足運びを謳ってはいたが——しかし、弱点がないでもないな」

「弱点?」

「はかまで足の動きが隠されていることは、今回はいいように作用したが、しかし逆の目もないでもないな。宇練ほどの達人が相手でなければ、あの手の牽制は意味をなさん。たとえば、後ろから見ていたわたしには、そなたがどこで牽制を入れたのか、どこで加速しどこで減速したのかなど、まったくわからんかった。ただ、がむしゃらに突っ込んだだけにしか見えなかったぞ。つまり――あの足運びは、格下の相手には通じんよ。そして、あの七の構え――前後の動きは確かに変幻自在だが、左右の動きはそうもいかぬだろう」

「――当たり」

とがめの指摘を、肯定する七花。

使用者としてはわかりきっている弱点ではあるが、それを後ろから見ていただけのとがめに見抜かれていたというのは、ちょっとした驚きだった。

なるほど。

軍師と言うだけのことはある。

「そうはいかないどころか、あの構え、左右には動けないんだよ。左右の動きに対応した構えは、六の構えになるな――しかし当然ながら、それは前後の動きほど、変幻自在なものじゃない。六の構えの真髄は他にある……まあ、それは今度のお楽しみってことで」

「そうさせてもらうさ」

と、とがめは言った。

そして斬刀『鈍』を詰めた箱を、所有権を主張するかのように、軽く叩く。

「よし。これで梱包《こんぽう》は終了だ――これを尾張に送ったら、出発するぞ。次の目的地だったな？次は出雲《いずも》だ。因幡砂漠を迂回するから、美作、備中《びっちゅう》、備後《びんご》を経由することとなる」

「出雲か。神様の集《つど》う地だな」

「相応しいぞ。千刀《せんとう》『鎩《つるぎ》』の所在地は現在の尾張幕府やそなたの虚刀流よりも歴史の長い、由緒《ゆいしょ》正しき神社だからな――千人の巫女《みこ》が、千本の刀を所有しておる」

刀千本となると、首尾《しゅび》よく入手したところで、その輸送手段は、考えねばならぬだろうな――と、とがめは言った。

「絶刀や、この斬刀でさえ、無事に尾張に届くよう、案を捻《ひね》らねばならぬというのに……、ん、そうだ、そう言えば、七花」

「ん？」

「そなた、まだ、斬刀の刀身を、見ておらぬのではないか？　わたしが刀身や鞘内の血液を洗っておるときは、そなたは近くにおらなんだようだし……見たかったのではなかったか？　もう梱包してしまったが」

「んー」

宇練に対してそう言ったのは、刀身の正確な長さ、絶対領域の正確な距離を測りたかったからだが――興味があると言ったのもまた、嘘ではない。

何でも斬れる刀。

見たいは見たかった。

しかし――

「いや、いいわ」

と、七花は言った。

「ふうん？　まあ、それならわたしとしては、梱包を解く手間が省《はぶ》けて助かるのだが――しかし、本当によいのか？　この程度のことで遠慮しなくともよいのだぞ？」

「うん」

「そうか」

「うん」

そもそも、とがめが斬刀を鞘から抜いて洗浄している際に、七花がそのそばに近寄らなかったのは、意図的なものだ。七花は、できることなら、斬刀の刀身を見ずに済ませたかったのだ。

結局七花は、宇練銀閣の零閃を、目でとらえることができなかった――一機たりとも、零閃を撃墜することはできなかった。それならば、それが全てだと、思うから。

「……………………」

零閃の使い手――宇練銀閣は落命した。

七花の『落花狼藉』のこともあったが、しかし、やはりその前の斬刀狩りで自らの左肩につけた傷が、深かったようだ。出血はまるでとどまるところを知らず――あの部屋のたたみを全て赤一色に染めたあたりで、宇練は事切れた。

武士らしい最期——では、ないのかもしれない。

剣士らしい最期——でも、なかった。

しかしそれでも、彼らしい最期では、あったのだろう。

「これから——因幡はどうなる。下酷城は」

「どうにもならぬな。もはやあそこは幕府の管轄《かんかつ》とも言えぬ。ゆえに、朽ち、果てるだけだ。それでも、わたしやそなたよりは、ずっと永く、ひょっとしたら千年先まで、あそこにあり続けるであろうが——しかしそれはもう、城ではない」

「誰もいなきゃ——城じゃねえか」

「町でも、国でもないな」

「そうか」

「剣客も刀も自然には勝てない——ということなのかな」

「結局、そういうことになるのか」

「なりそうだな」

「ふうん」

守るものがある奴は強い。

それは七花にとっては、あくまでもとがめを言いくるめるためのただの方便だったが——宇練にとっては、どうやらそうではなかったようだ。生きるために、守るものを必要とする者がいることを——七花は、今回の戦いを通じて、知ったのだった。

宇練銀閣には、欲しいものはなかったけれど、それでも守りたいものはあったのだ。無人島で、何一つ所有することなく育った自分に、守るものが必要だとも欲しいとも思わないけれど、ひょっとしたら、とがめを守ることで、自分はもっと強くなれるのだろうか——そんなことも、考えた。

「……しかし、とがめ」

「なんだ？」

「宇練の最期の台詞は——格好よかったよな」

七花は、そのときからずっと思っていたことを、とがめに言った。

「ただ格好いいんじゃなくて、個性がよく出てたって言うかさ……ああいうのも、口癖って言うのかい？」

——……ああ。

虚刀流七の奥義の直撃を脳天にくらい、仰向けに倒れ——もう起き上がることもできなかった彼は、うつろなまなこで、それでいてどこか安らかそうに、こう言ったのだった。

——これでやっと……ぐっすり、眠れる。

「少し違うな」

とがめはやや厳しめの表情で言う。

辛辣《しんらつ》と言ってもいい口調だった。

「あれは散り際のひとことだ——死に際の言葉だ、末期の言葉だ。遺言と言ってもよいかもしれぬ。口癖とは異なり、一生に一度、黄泉路《よみじ》に旅立たんとするときにしか、口にすることを許されぬ台詞だ」

「……そうか」

「気になるのか？　確かに散り際のひとことは、個性を表すという意味では、口癖よりも更に、効果的な台詞となろう。一生にたった一度の言葉であるがゆえにな。だがしかし七花、そなたには、その一度の機会が、そもそも許されておらぬのだからな」

強《し》いてぶっきらぼうに、とがめは言った。

「散り際のひとことについては、一切考えずともよい」

■

■

　そういった経緯で、鑢七花はとうとうこの月のうちには、四季崎記紀の作りし変体刀、斬刀『鈍』の刀身を、その目で見ることはなかった。だから、彼がかの刀の刃《やいば》を初めて見、ありとあらゆるものを一刀両断するというその切れ味を誇る刀身がどんな姿なのかを知るのは、それが再び彼に向けられるとき――つまりはこの年の暮れのことになる。

（斬刀・鈍――蒐集完了）
（第二話――了）
（第三話に続く）

登場人物紹介ろ

宇《う》練《ねり》銀《ぎん》閣《かく》

年齢	三十二
職業	剣士
所属	無所属
身分	浪人
所有刀	斬刀『鈍』
身長	五尺四寸二分
体重	十四貫二斤
趣味	睡眠

必殺技一覧

絶対領域	⇦⇙⇩⇘⇨斬+突
零　閃	⇦⇖⇧⇗⇨斬
零閃編隊・五機	⇦⇖⇧⇗⇨斬斬
零閃編隊・十機	⇦⇖⇧⇗⇨斬斬斬
斬刀狩り	⇦⇨⇦⇨斬+突+蹴

次回予告

対戦相手	敦賀《つるが》迷彩《めいさい》
蒐集対象	千刀《セントウ》・鎩《ツルギ》
決戦舞台	出雲《いずも》・三途《さんず》神社

アトガタリ

守るものがある人間と守るものがない人間とどちらのほうが強いかという話をすれば、まあそんなの、ときと場合と状況によるんだろうなあとは思いますが、しかし問題をもう少し高いところから余裕をもってみてみると、守るものに気付かないうちに守られているという場合もあるでしょうから、してみると守るものがあるほうがいいのかもしれません。守るものがなければ確かに自由闊達《かったつ》に動くこともできるでしょうけれど、しかし自由というのはこれがなかなか一筋縄《ひとすじなわ》ではいかないものです。とはいえ、そもそも、守るものがあればそのときは防御をしなければいけませんが、守るものがないからといって攻撃に転じなければならないわけではないので、守るものがある人間と守るものがない人間とをまるで対義語のように語るのは、ある意味問題をすり換えているだけなのですが、しかしどうでしょう、守るものとひとくちに言っても、それは物質的なものや、あるいは友達や家族や恋人のような存在ではなく、気位や矜持《きょうじ》、プライドめいたもののケースもありますので、そういう形而上のものまで『守るもの』に含めて考えるのならば、守るものがない人間なんて最初からこの世にひとりもいないと言えるのかもしれません。まあちょっと話は違うんですけれど、世界レベルの戦争にしろ、個人レベルの戦闘にしろ、何かを得るための（あるいは露骨《ろこつ》に言うならば、何かを奪うための）オフェンス側と、何かを守るための（対応させて露骨に言うならば、何かを奪われないための）ディフェンス側とに陣容を分けて考えるならば、大抵の場合、ディフェンス側が勝ってしまうそうです。まあモチベーションが全然違うというか、人間、得ることよりも失うことを怖れるわけですから、当然といえば当然なのですが、しかし、そう考えると、守るというのは、言葉面から想定できるほどには、美しいおこないではないようです。

　みんな何かを守りながら生きているんだろう、守るものがない人間だって守るものがない自分という存在を守っているんだ——というテーマをまるで含まない本書は、『刀語』の第二巻です。舞台は鳥取《とっとり》、因幡《いなば》砂漠のモデルは言うまでもなく鳥取砂丘《さきゅう》です。好きな場所なので割かし頻繁《ひんぱん》に訪れる先なんですが、やっぱ一面砂というのは、思い出すだけでも圧巻なので、生きているうちにいっぺん、砂漠というものも見てみたいなあと思います。虚刀流七代目当主鑢《やすり》七花と奇策士とがめの旅はまだまだ始まったばかりですが、彼らには、僕の好きな場所、あるいは僕の行けない場所を、次々に訪れて欲しいと思います。竹さんのイラストによるヴィジュアル化と共に、それも書く上での楽しみです。そんな感じで『刀語　第二話／斬刀《ざんとう》・鈍《なまくら》』でした。次巻のタイトルは……えーっと、なんでしたっけ、『千刀・鎩』でしたっけ?

　恒例ですが、本書を支えてくださる皆様に厚く御礼申し上げます。

西尾維新

本作品は、12ヵ月連続刊行企画、大河ノベル2007のために書き下ろされたものです。

著者紹介

西尾維新《にしおいしん》

1981年生まれ。第23回メフィスト賞受賞作『クビキリサイクル』(講談社ノベルス)に始まる〈戯言《ざれごと》シリーズ〉を、2005年に完結。近作に『化物語《バケモノガタリ》(上・下)』『傷物語《キズモノガタリ》』『偽物《ニセモノ》語《ガタリ》(上・下)』『真庭語《マニワガタリ》』(講談社BOX)、『不気味で素朴な囲われたきみとぼくの壊れた世界』(講談社ノベルス)がある。

Illustration

竹《たけ》

1983年生まれ。〈戯言シリーズ〉イラストレーションを担当し、デビュー。初の画集となる『刀語絵巻』(講談社BOX)を2009年刊行。手塚治虫と猫が好き。

講談社BOX

KODANSHA BOX

刀語《カタナガタリ》　第二話　斬刀《ザントウ》・鈍《ナマクラ》

定価はケースに表示してあります

2007年2月1日 第1刷発行

2009年11月18日 第5刷発行

著者――西尾維新《にしおいしん》

発行者―鈴木　哲

発行所―株式会社講談社

東京都文京区音羽2-12-21　郵便番号 112-8001

編集部 03-5395-4114

販売部 03-5395-5817

業務部 03-5395-3615

本文データ制作―KODANSHA BOX DTP Team

印刷所―凸版印刷株式会社

製本所―株式会社若林製本工場

製函所―株式会社岡山紙器所

ISBN978-4-06-283604-3　N.D.C.913　206p　19cm

R.I.P.
レスト・イン・ピース
HORO SUGIYAMA
杉山 幌
移民の受け容れを開始して
数十年を経た近未来の日本。
四つの言語のグラフィティアートが
壁を埋め尽くし、
ギャングとサッカーとドラッグが
共存するこの街で、
高校生の“おれ達”は、
小さな戦争を開始する――。

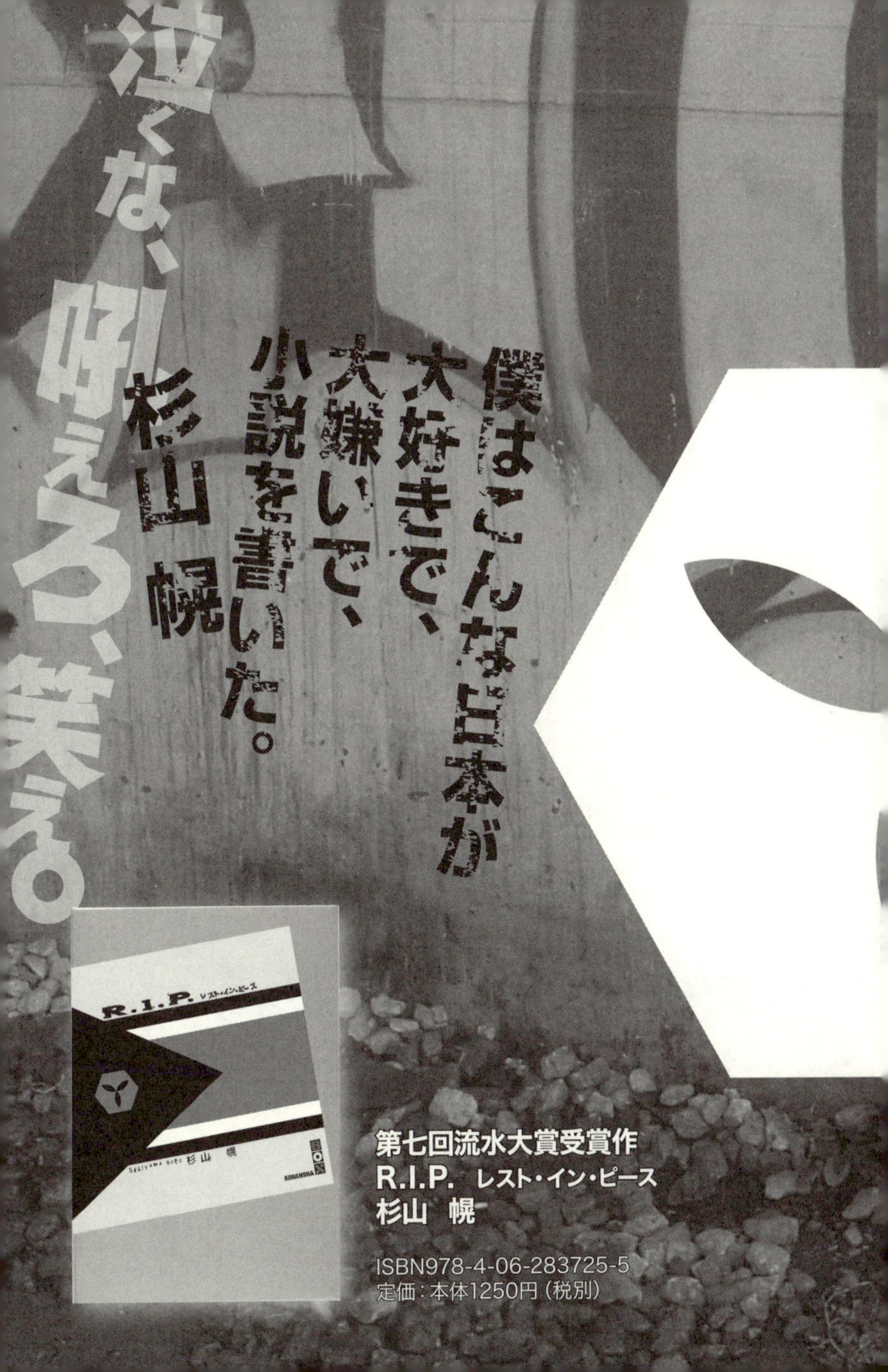
僕はこんな日本が
大好きで、
大嫌いで、
小説を書いた。
杉山 幌
泣くな、吼えろ、笑え。
R.I.P. レスト・イン・ピース
杉山 幌
KODANSHA
第七回流水大賞受賞作
R.I.P. レスト・イン・ピース
杉山 幌
ISBN978-4-06-283725-5
定価：本体1250円（税別）

丸太町ルヴォワール
円《まど》居《い》挽《ばん》
イラスト／純

著者より、ごあいさつ

はじめまして、円居挽です。

単行本作業のために『丸太町ルヴォワール』を読み返して、この作品がそのまま自分の学生生活の縮図になっていることに今更ながら気がつきました。さよならした筈の恥ずかしい青春が一冊の本として帰ってくるなんて、恐ろしいことではありませんか。当分は本屋に近づかないことにします。

そんな『丸太町ルヴォワール』ですが、当然のように傑作です。私からまっとうな学生生活を奪った犯人である『彼ら』が主役の物語なのですから、面白くない訳がありません。

読者の皆様には特等席をご用意しました。どうぞ、最後の一ページまでお楽しみ下さい。

祖父殺しの嫌疑をかけられた城坂論語《しろさかろんご》は、変幻自在の論客が丁々発止《ちょうちょうはっし》の応酬を繰り広げる私的裁判〝双龍会《そうりゅうえ》〟の被告となる……容疑を解くためではなく、事件当日、屋敷の一室で二人きりの甘く濃密な時間を過ごした謎の女性〝ルージュ〟と再会する、ただそれだけのために……。

ISBN978-4-06-283731-6
定価1400円（税別）